KB266841

학교 침공 보고서

학교 침공 보고서

초판 1쇄 펴냄 2026년 3월 30일

지은이 이규락

펴낸이 고영은 박미숙
펴낸곳 뜨인돌출판(주) | 출판등록 1994.10.11.(제406-251002011000185호)
주소 10881 경기도 파주시 회동길 337-9
홈페이지 www.ddstone.com | 블로그 blog.naver.com/ddstone1994
페이스북 www.facebook.com/ddstone1994 | 인스타그램 @ddstone_books
대표전화 02-337-5252 | 팩스 031-947-5868

편집이사 인영아 | 편집 이어진 | 디자인 이기희 이민정
마케팅 정원식 박예은 | 경영지원 김은주

© 2026 이규락

ISBN 979-11-7599-007-4 03810

#5

학교 침공 보고서

이규락

뜨인돌

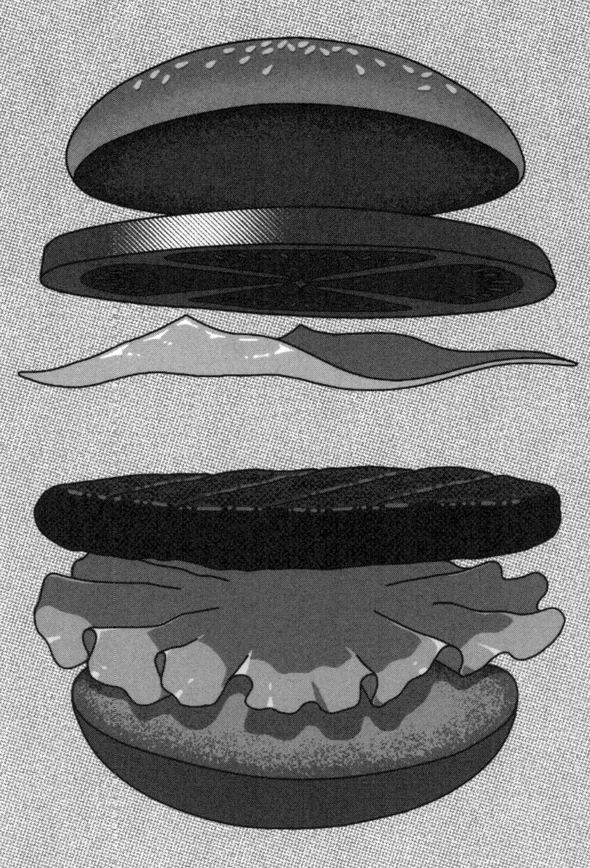

차례

1장
갈아마셔 패밀리와 박조태

모든 일에는 전통이 있다고 한다. 그렇다면 학교 폭력은 선사시대부터 존재하지 않았을까? 인류가 태동했을 때부터 대대로 전해져 내려오는 관습 중 하나가 아닐까? 잘나가는 원시 부족의 자식이 그렇지 못한 부족의 자식을 움막으로 끌고 들어가 뗀석기 좀 넉넉히 가져오라며 때리기 시작한 게 지금의 학교 폭력으로 이어진 건 아닐까 말이다. 그렇게 오랜 전통이 존재하지 않고서야 22세기까지 학교 폭력이 있을 수 있겠는가.

그도 그럴 것이, 내 눈앞에서 안경 쓴 남자아이가 벌써 세 번째 교실 바닥에 처박히는 중이었다. 그 아이의 이름은 김충호, 하도 초콜릿을 좋아해서 아이들에게 초코 중독자라고 불렸던 녀석이다. 적어도 다들 화기애애하던 학기 초에는 그랬다. '갈아마셔 패밀리'의 장난감이 되기 직전까지는 말이다. 갈아마셔 패밀리가 갈아마셔 패밀리라고 불리는 이유는 믹서기에 넣고 갈아마실 기세로 아이들을 심하게 괴롭히기 때문이다.

갈아마셔 패밀리의 대장인 박조태가 손을 뻗자 바닥에 있던 김충호의 몸이 마치 보이지 않는 실에 매달린 것처럼 허공으로 떠올랐다. 박조태가 손가락을 튕기자 김충호의 펑퍼짐한 엉덩이가 그대로 쓰레기통에 처박혔다.

"거기가 이제부터 네 자리야!"

박조태는 이렇게 말하고는 깔깔거렸다. 김충호는 얼굴이 새빨개졌지만 아무 말도 하지 못했다. 뭐라고 대들기라도 하면 박조태가 자신의 '능력'을 발휘해서 이번엔 김충호를 천장에 처박히게 할 테니까. 아니면 허공에서 오십 바퀴쯤 빙빙 돌려 버릴 테니까. 그러면 김충호는 수업 시간 내내 멀미만 하다가 불쌍하게 하교할 터였다.

우리 학교, 즉 '문스쿨'에는 남다른 기이한 능력을 가진 아이들과 그렇지 않은 아이들이 뒤섞여 있다. 그 남다른 능력을 가진 아이들 사이에서 박조태는 가장 출중하다는 이유로 갈아마셔 패밀리의 대장이 될 수 있었다. 아이들마다 주어진 능력은 다른데 박조태는 보이지 않는 손을 만들어 사람을 꼭두각시처럼 조종할 수 있었다. 저 쓰레기 같은 보이지 않는 손은 걸핏하면 아이들을 넘어트렸다. 나도 예전에 바나나 우유를 마시다가 녀석의 능력 때문에 엎어져 복도를 온통 바나나 우유로 적신 적이 있다. 모두가 그런 일을 한 번씩 당했지만 다들 쉬쉬했다.

그에 비해서 김충호가 가진 능력은… 손가락에서 촛불만 한 불꽃을 쏘는 게 전부였다. 내가 기억하기로는 아홉 살 때부터 발현된 능력이라고 했다. 다른 아이들보다 능력이 일찍 나타난 편이라 어린 시절에는 다들 신기한 눈으로 쳐다봤단다. "충호야! 불꽃 손가락 좀 보여 줘!" 하면, 김충호는 기쁘게 손가락 끝에서 작은 불꽃을 쏘아 올려 아이들의 시선을 한 몸에 받았다. 하지만 열일곱 살이 된 지금, 그 능력은 '인간 라이터'라고 불리며 놀림당할 뿐이었다. 요즘에는 갈아마셔 패밀리가 학교 뒤편으로 끌고 가 담배에 불붙이는 용도로 쓰고는 한다는 소문이 돌았다. 그렇게 별명 붙이고 끌고 다니며 진짜 인간 라이터 취급을 하다니, 끔찍하지 않은가.

아무튼 김충호는 쉬는 시간이 끝날 때까지 쓰레기통에 엉덩이가 낀 채 고개를 숙이고 있어야 했다.

누군간 이렇게 질문할 것이다. "대체 어른들은 이 지경이 될 때까지 뭘 하고 있단 말인가?" 어른이 나타난 다음 상황은 뻔했다. 선생님이 들어와 쓰레기통에 엉덩이가 낀 상태로 널브러져 있는 김충호를 보고는, 자기 수업에서 장난질할 거면 썩 꺼지라고 할 것이다. 김충호는 쓰레기통에서 엉덩이를 빼내려 하지만 너무 꽉 끼는 바람에 빠져나올 수가 없다. 갈아마셔 패밀리는 그 모습에 책상을 두드리며 낄낄거린다. 아수라장이 된 분위기에 통제력을 잃은 선생님은 화난 목소리로 아이들에게 조용히 하라고 고함을 지른다. 그리고 김충호의 멱살을 잡고 쓰레기통에서 빼낸 뒤, 그 무시무시한 '지하 재교육실'로 가서 앉아 있으라고 할 것이다. 결국에는 김충호 혼자만 지하 재교육실에 처박혀 지루한 교육 홀로그램을 두 시간 동안이나 시청할 것이다. 갈아마셔 패밀리는 아무런 벌도 받지 않을 테고.

선생님이 아이들 사정을 몰라서 그런 거 아니냐고? 그럴 리가. 갈아마셔 패밀리의 명성이 얼마나 대단한데. 그냥 복잡해지기 싫어서 그러는 거다. 학교에서 어른이란 작자들은 학생을 얼른 졸업시키면 그만 아니겠는가. 그러니까 눈에 보이는 골칫덩이만 대충 처리하는 척하고 마는 거지.

이렇게 잘났다고 떠드는 나는 대체 뭐 하는 놈이냐고? 내 이름은 박수혁, 목표는 누구의 눈에도 띄지 않고 그럭저럭 지내다 졸업하기. 그래서 지금도 김충호가 어떻게 되든 말든 교실 한구석에서 조용히 책 읽는 데 전념하는 중이다. 안다! 나 역시 하나도 잘난 게 없다는 것을. 그렇다고 내가 김충호 대신 쓰레기통에 처박혀 줄 수는 없는 노릇 아닌가. 그냥 갈아마셔 패밀리의 괴롭힘 레이더망에 나만은 걸리지 않기를 바랄 뿐이다.

그래도 요새는 저런 광경을 볼 때마다 속으로 욕을 곱씹는 것을 넘어 양심의 가책을 느낀다. 이런 상황이 일어날 때마다 교실 맨 앞자리에 앉은 한 여자아이가 나를 한심하다는 듯이 쳐다보기 때문이다. 저 여자아이의 이름은 김연지, 튀어나올 것처럼 커다란 눈알과 숟가락을 인간의 모습으로 형상화해 놓은 듯 기다랗고 마른 몸, 그에 대비되는 둥글고 큰 얼굴을 가지고 있다.

그리고 어렸을 때부터 나의 가장 친한 친구다. 저 한심하다는 눈빛은, 한 달 전 나한테 갑자기 생긴 일 때문이다.

2135년은 달 개척이 완료되고 30년이 지난 해로, 달에서 기이한 능력을 지닌 아이들이 태어나기 시작한 지는 30년(개척을 하던 도중에 태어난 아이들도 있으니까!)이 넘었다. 어떤 아이는 손에서 전기를 뿜었고, 어떤 아이는 기네스북 기록 보유자도 울고 갈 만한 암기력을 선보였으며, 또 어떤 아이는 염산 콧물을 쏟아 내는 바람에 재채기를 할 때마다 주변 사람들을 긴장시켰다. 어른들은 이 아이들에게 지구의 아이들과는 다른 특별한 교육이 필요하다고 생각했다. 그래서 달의 도시 곳곳에 특수학교를 설립해 아이들을 교육하는 겸 연구하기 시작한 것이다.

아이들은 저마다 능력이 너무도 달랐는데, 개중에는 별 볼 일 없는 능력을 가진 아이들도 있었고, 거의 능력이 발현되지 않는 아이들도 있었다. 전문가들이 말하기로는 달에서만 발견되는 바이러스가 유전자 변형에 큰 영향을 미쳤단다. 그 유전자의 특질에 따라서 차이가 있을 수 있다나. 아무튼 평균적으로 열다섯 살 무렵이면 능력의 유용성이 눈에 띄게 커졌다. 그래서 열일곱 살에 상급반에 진학하면서는 다들 진로를 정했다. 능력을 더욱 성장시켜 특별한 일을 하고 싶은 아이들은 특수 요원 클래스를, 능력과 관련된 행정 업무를 수행하고 싶은 아이들은 공무원 클래스를, 능력이 충분치 않아 이도 저도 어려운 나머지 아이들은 정규 교육 클래스를 선택했다.

열일곱 살이 될 때까지 아무런 초인적인 능력을 발휘하지 못한 나는 당연히 정규 교육 클래스로 진학했다. 내가 예상하지 못한 건 반 배정 방식이었다. 달에 거주하는 높으신 교육자가 능력의 차이와 상관없이 모든 아이들이 함께 교육받는 게 중요하다고 생각했나 보다. 통합된 교실에서 함께 배우면 몸에서 괴력이 샘솟아 철근까지 구부리는 녀석이든 말라깽이 약골이든 서로의 차이를 이해하고 존중할 줄 알았나 보다. 아마 머리통에 전기 충격기라도 맞은 교육자가 아닌가 싶은데, 어찌 됐든 선생님들은 세 클래스의 아이들을 같은 반에 몰아넣고는 공통 과목을 함께 듣도록 했다. 아이들은 전공 시간이 되어서야 서로 다른 교실로 갈라졌다.

하지만… 아무런 대책 없이 이렇게 묶어 두면 일이 생기기 마련이다. 이를테면 괴력 아이는 철근 대신 말라깽이 꼬마를 구부리다가 팔다리를 부러트려 깁스 신세로 만들어 버리는 식이었다. 그런 괴롭힘을 당하는 대표적인 예가 바로 김충호 같은 아이들이고! 나처럼 정규 교육 클래스를 택하거나 김충호처럼 공무원 클래스를 택한 아이들은 매일 특수 요원 지망생들의 폭정이 끝나기를, 얼른 전공 시간이 와서 도망칠 수 있기를 기도해야 했다.

한 달 전쯤일까? 기숙사의 비좁은 방에서 깨어난 나는 무언가 몸속에서 다른 기운이 치솟는 걸 느꼈다. 눈에서 빛이 뿜어져 나와 천장을 비춘 것이다. 마치 누가 내 눈알에 전구라도 강제로 장착해 놓은 것처럼! 그렇게 눈부신 빛이 쏟아져 나왔는데도 내 시력은 멀쩡했다. 나는 새벽 내내 갑자기 발현한 이 능력이 내 인생에 어떤 도움을 줄 수 있을지 생각했지만 결론은 하나였다. 만약 운 좋게 1인실을 배정받지 못했다면 룸메이트에게 바로 놀림거리나 됐을 거라는 것. 아침이 밝아 오고 교실로 등교할 때까지 내 눈알이 계속 빛을 뿜어낸다면, 전교의 웃음거리가 되는 건 시간문제였다.

아침 여덟 시가 되자마자 내 능력은 온데간데없이 사라졌다. 다행이라면 다행이었다. 지금까지와 같이 조용히 살아도 된다는 뜻이었으니까. 하지만 문제는 그때부터였다. 시시때때로 나는 기이한 능력을 발휘하는 예기치 못한 상황에 휘말렸다. 언젠가는 밥을 먹다가 이빨이 무쇠처럼 변해서 숟가락을 두 동강 냈다. 몸이 공중부양하다 도중에 멈추는 바람에 추락사할 뻔하기도 했다. 튼튼한 나뭇가지에 걸린 게 천만다행이었다. 귀지를 파냈는데 폭죽처럼 폭발하기도 했다…. 이런 내 이상 상태에 관해 상담하기 위해서 나는 한밤중에 김연지를 불러내고 말았다.

김연지는 어린 시절에 자주 놀던 놀이터 그네에 걸터앉아 나를 기다리고 있었다. 어두컴컴해진 바이오 돔 천장 너머의 밤하늘에는 지구가 커다랗게 떠 있었다. 낮에는 영상으로 제작된 푸른 하늘이 돔 천장에 깔렸지만, 밤에는 작동을 멈췄다. 김연지는 밤하늘을 바라보며 지구와 달을 오가는 우주선의 불빛을 헤아리는 걸 좋아했다.

"능력 사춘기라는 것도 있냐?"

내가 다짜고짜 물었다. 즉 능력이 발현되는 시기에는 무작위로 여러 능력이 주어지다가, 갑자기 한 가지 능력으로 고정되느냐는 의미였다. 김연지는 눈살을 찌푸렸다.

"그런 헛소리는 어디서 나온 거냐?"

김연지가 확신하는 투로 말할 수 있는 이유는, 김연지는 특수 요원 클래스로 진학했기 때문이다. 심지어 성적은 최상위에 속했다. 그러니까 특수 요원 클래스 아이들이라고 모두가 갈아마셔 패밀리처럼 나쁜 건 아니었다. 많은 녀석들이 나머지 클래스의 아이들을 개 밥그릇 취급하긴 했지만, 김연지는 나머지 클래스 아이들을 동등하게 대했다. 아니, 오히려 특수 요원 클래스라고 잘난 척하고 다니는 애들은 정의롭지 못하다며 비난했다.

나는 헛기침하고 그네에서 일어나 잔디밭에 섰다. 김연지는 의아한 눈길로 나를 쳐다봤다.

나는 이 시간을 대비해 저녁 식사 시간에 급식실에서 쇠숟가락을 슬쩍 주머니에 넣어 왔다. 나는 심호흡을 한 번 하고, 쇠숟가락을 그대로 입에 넣었다. 숟가락은 과자라도 된 것처럼 내 이빨에 부스러졌다. 부스러기는 곧 젤리처럼 물컹거리는 고체로 변했다. 몇 초 후 나는 입에서 물줄기를 뿜어 바닥에 토해 내기 시작했다. 김연지는 깜짝 놀라서 외쳤다.

"박수혁, 너… 설마 나랑 같은 능력이 발현된 거야?!"

그렇다. 김연지는 물건을 입속에 넣어서 물줄기로 바꿀 수 있었다! 나는 고개를 저었다.

"…아니, 그게… 내가 다른 아이들의 능력을 잠시 빌려서 쓸 수 있는 거 같아."

나는 여태 능력이 급작스레 발현된 탓에 개고생한 사연을 순차적으로 털어놓았다. 가장 친한 친구한테 상담을 받고 싶었다는 이야기도. 김연지는 턱에 손을 괴고 생각에 잠겼다가, 고개를 들고 제안했다.

"네가 말이지, 그 능력으로 갈아마셔 패밀리를 때려눕힐 수 있지 않을까?"

말하자면 내가 상대방의 능력을 복제하는 힘으로 갈아마셔 패밀리를 혼내 주고 정규 교육 클래스 아이들의 울분을 풀어 줄 수 있지 않겠느냐는 것이었다.

결론부터 말하면, 나는 그 제안을 받아들이지 않았다.

새로운 능력이 복제될 때마다 능력을 제대로 사용할 수 있기는커녕 오히려 내가 그 능력에 휘둘리는 중이었다. 물론 가장 큰 이유는 나의 능력이 발현되었다는 걸 사람들한테 알리기 싫었기 때문이지만. 알려지면 특수 요원 클래스로 진학해야 했다. 잘난 척이나 하며 다른 클래스 아이들을 낮잡아 보는 녀석들과 남은 학교생활을 함께하라는 건 너무한 처사였다.

이런 내 마음을 아는지 모르는지, 한동안 김연지는 내 앞에서 허무한 계획을 털어놓고는 했다. 언제쯤 능력이 발현됐다는 걸 알릴 건지, 내 능력을 어떻게 아이들 앞에서 처음 선보일 건지, 박조태를 비롯한 갈아마셔 패밀리는 어떤 퍼포먼스를 통해 처단할 건지…. 마침내 내가 능력을 딱히 공개할 계획이 없다는 걸 알게 되자, 김연지는 벌컥 화를 내면서 특수 요원 클래스 아이들이 이 일에 얼마나 관심이 없는지 아냐고 했다. 그러면서 나 같은 위치에 있는 사람만이 나설 수 있다고 했다.

"너도 김충호랑 비슷한 과거가 있잖아!"

나는 한동안 김연지를 피해 다니며 휴대용 단말기로 날아오는 메시지에 답장조차 하지 않았다. 김연지의 심정이 이해되지 않는 것도 아니었다. 김연지도 금속을 씹어서 물로 만드는 엄청난 능력을 가지고 있었지만 그것만으로는 갈아마셔 패밀리를 어떻게 해 볼 수 없었으니까. 하지만 나 역시 내 능력으로 녀석들을 다 때려눕힐 수 있을 거란 자신이 전혀 없었다.

솔직히 김충호가 쓰레기통에 처박히는 날에도 나는 다른 데에 관심이 쏠려 있었다.

학교 기숙사 뒤편, 구불구불한 길을 걷다 보면 맛집 거리가 나온다. 각종 로봇이 음식을 데치고 끓이고 튀기는 향내 가득한 길목에 들어서기 직전, 버려진 건물이 늘어선 곳으로 향하는 골목이 나타난다. 그 골목 끝에 날 기다리는 존재가 있다. 수업 시간 내내 나는 그 존재를 만날 기대에 들떠 있었다.

수업이 끝나자마자 누가 말 붙일세라 잽싸게 계단을 뛰어 내려갔다. 노을이 지는 영상이 재생되고 있는 인공 하늘을 바라보면서 휘파람을 불었다. 학교 후문을 나서자 몇 가지 가져가야 할 물건이 떠올랐다. 나는 편의점에 들러 로봇 펫 전용 배터리 충전기와 탱탱볼 하나를 샀다. 편의점의 자동계산대 화면에서는 지구에서 유행한다는 왕땡버거인지 뭔지 하는 버거를 홍보하는 노래가 흘러나왔다. 내가 기쁜 마음으로 마침내 폐건물에 다다랐을 때, 기대와는 다른 장면이 펼쳐지고 있었다.

나보다 먼저 온 손님이 나의 로봇 강아지 필두와 놀고 있었다. 그 손님은 바로 김충호였다.

나는 로봇 강아지라면 환장을 한다. 이유가 뭐냐고? 그 귀여운 모습으로 내게 다가와 얼굴과 꼬리를 비벼 대는데 환장하지 않을 도리가 있겠는가? 물론 로봇 펫을 유난히 무서워하는 사람들이 있다. 프로그래밍 오류로 인해 팔다리를 펫한테 물렸다든지 하는 어린 시절 기억 때문에 말이다. 하지만 대체로 그런 사람들은 로봇 펫을 함부로 다루다가 마인드 칩을 고장내는 바람에 로봇 펫이 오류를 일으킨 경우다. 대부분은 자업자득이라는 뜻이다.

뭐, 나 역시 로봇 펫한테 물려 본 기억은 수두룩하지만 내 경우는 다른 학대자와는 달랐다. 아직 테스트 단계에 불과한 펫을 엄마가 집에 자주 들여놓았던 탓이다. 엄마는 로봇 펫의 마인드 프로그램 개발자로, 회사에서 내놓을 신제품을 항상 집으로 데려왔다. 엄마는 펫을 사랑했다. 심지어 자신이 제작한 펫과는 회사에서도 집에서도 떨어지기 싫어했다.

출시 안 된 제품을 테스트할 대상으로 어린아이는 아주 적합했다. 나는 마인드가 제대로 완성되지 않은 녀석들과 어울려 노느라 매번 여기저기를 물리고는 했다. 하지만 나는 모든 펫을 좋아했다. 사이버 햄스터, 메탈 고양이, 로봇 강아지… 어떤 모델이든 진심으로 어울려 놀다 보면 그만큼 나를 좋아해 주는 존재가 없었다.

그리고 지금은 세상을 떠나고 없는 엄마를 추억할 수 있는 존재이기도 하고 말이다.

"너… 너, 여기 어떻게 안 거야? 아니, 너 필두는 어떻게 발견한 거야?"

나는 더듬거리면서 턱으로 필두를 가리켰다.

필두는 닥스훈트를 모델로 제작된, 몸통이 길고 짧은 다리를 가진 강아지였다. 필두는 나를 보더니 짧은 다리로 달려와 주변을 뛰어다니면서 반가운 티를 냈다.

"필… 뭐? 얘는 또리인데…."

김충호가 말했다. 녀석은 내가 등장하자마자 강아지의 관심을 뺏겨서 당황한 눈치였다. '역시, 필두는 나를 더 좋아해!'라고 생각하며 쪼그려 앉아 손을 뻗으려는데, 갑자기 필두가 김충호한테 가 버렸다. 근데 잠깐, 얘 이름이 필두가 아니라 또리라고?

"이름 짓는 수준이 왜 그렇게 유치하냐? 얘는 필두가 더 어울려."

내가 비웃었다. 유치하게 또리가 뭐람. 자고로 반려동물 이름은 예스러우면서도 입에 착 달라붙어야 한다.

"필두는… 지구의 코미디 영화에나 나오는 동네 바보 형 이름 같은데."

김충호가 슬며시 반격했다.

나는 바로 웃기지 말라고 했다. 유치원생도 요즘 또리라는 이름은 안 짓겠다고 반박했다. 이내 우리는 서로서로 이 로봇 강아지와 더 친하다고 우기다가, 누가 먼저 이 아이와 만났는지 경쟁하는 수준에 이르렀다. 필두는 우리의 언성이 높아지자 마구 짖어 댔다. 나는 필두가 불편해하고 있음을 알아채고 입을 다물었다. 김충호는 조용히 웃고 있었다. 학기 초가 기억났다. 김충호는 아이들한테 초콜릿을 나눠 주면서 저런 웃음을 짓고는 했다. 처음 자기소개를 할 때 장래희망이 프로그래머라고 했던가?

나는 필두를 쓰다듬어 주려고 허리를 굽혔다. 그때 옆에서 인기척이 느껴졌다. 건물 입구 쪽에 어두워져 가는 밖을 등지고, 덩치 큰 한 남자가 서 있었다. 표정 없는 얼굴에 유독 어깨가 발달한, 체격이 다부진 남자였다. 필두는 새로운 손님을 보자마자 냅다 뛰어가서 반갑다는 듯 왈왈 짖어 대기 시작했다. 남자는 그런 필두를 슬며시 내려다보다가 덥석 들어 올렸다. 놀란 필두는 손아귀에서 빠져나가려고 은회색 다리를 버둥거렸다.

김충호가 물었다.

"누구세요? 혹시 강아지 주인…?"

짜샤, 주인이었으면 필두가 저렇게 빠져나가고 싶어 하겠냐? 나는 속으로 어이없어하며 김충호에게 한심하다는 눈길을 던졌다. 덩치 큰 남자는 아무런 대답도 없이 뒤를 돌았다. 설마…?

엄마는 가장 싫어하는 부류의 사람들을 자주 열거하고는 했다. 로봇 펫을 그저 금속덩이 취급하며 학대하는 사람을 증오했으나, 가장 야비한 부류는 고철 사냥꾼들이라고 했다. 고철 사냥꾼들은 로봇이든 드론이든 눈에 띄는 대로 중간상인에게 가져가 고철 값을 받았다. 그러면 중간상인들은 각종 철물과 함께 철강 회사에 팔아넘기고… 펫들은 그대로 용광로에 풍덩 던져진다. 뭐, 백번 양보해서 폐기된 로봇 펫은 어쩔 수 없다고 치자. 많은 고철 사냥꾼이 주인이 있는 멀쩡한 펫도 마구잡이로 납치해 마인드 칩을 뺀 뒤 팔아넘겼다. 그리고 마인드 칩은 싹 다 포맷한 뒤 다시 전자 부품 취급자들에게 팔아먹었다. 저 의문의 남자가 그 고철 사냥꾼일까?

"잠깐만요! 그 강아지는 저희가 키우는…!"

내가 뒤쫓아 가서 이야기하자, 남자가 주먹을 날렸다.

나는 몸을 던져 겨우 피했다. 어떻게 피할 수 있었는지는 모른다. 평소 내 신체 속도대로라면 분명 얻어맞고 눈탱이 밤탱이가 되었을 텐데.

나는 바닥에 몸을 굴리다가 상체를 들었다. 남자의 주먹은 맨바닥에 꽂혔다. 주먹을 들자 가격한 주먹의 모양대로 콘크리트 바닥에 구덩이가 파이고 균열이 일어났다. 남자의 근육질 팔이… 무쇠 빛깔로 물들어 있었다.

남자는 능력자였다! 보아하니 신체 일부를 무쇠로 바꿀 수 있는 능력자였다. 그리고 남자는 우리가 어리다고 봐줄 생각 따위는 없는 게 분명했다.

나는 김충호를 향해 외쳤다.

"야, 튀자!"

저런 주먹에 얼굴을 가격당하면 눈탱이 밤탱이가 되는 수준이 아니라 머리통이 이 세상에서 사라질 것이다. 나는 쓰러져 있는 몸을 데굴데굴 굴리면서 일어나 건물 입구로 달아나려 했다. 그러다 필두 생각이 머리를 스쳤고, 순간적으로 미끄러지듯 발을 멈춰 세웠다. 젠장, 어떻게든 저 자의 손에서 필두를 빼내야 한다. 뭐라도 던질 게 없나 가방을 뒤졌다. 깡통이라도 던져서 남자를 화나게 한다면… 필두를 내려놓고 우리한테 으르렁대겠지. 그때 구할 틈이 생길지도 모른다.

"그 아이 내려놔요!"

내가 속으로 이런저런 작전을 펼치는 사이, 김충호가 남자의 앞을 가로막았다.

"야, 미쳤어?"

내가 소리쳤다. 김충호 녀석, 빨리 저승길을 맞이하기로 작정한 건가? 다행히 남자는 무표정한 얼굴로 김충호를 무시하고 돌아 나가려 했다. 그런데 김충호는 또다시 달려가 남자의 앞에서 검지를 치켜세웠다. 초라한 불꽃이 손가락에서 솟아올랐다. 김충호는 반복했다.

“그 강아지 내려놔요. 저희 강아지라고 말했잖아요.”

떨리는 목소리였다.

갈아마셔 패밀리에게는 아무 말도 못 하더니, 어디서 저런 용기가 난 거야?

나는 침을 삼켰다. 그래, 전에도 저런 장면을 본 적이 있다. 정확히 5년 전, 내가 열두 살 때 말이다. 내 앞에서 두 팔을 벌려 가로막고 나를 지켜 준 아이… 김연지에게서 말이다.

괴롭힘이란 것은 아무 이유 없이 시작된다. 아니, 이유가 있기는 하지. 학교에서 가장 잘나가는 녀석의 심기를 건드린 것. 다만 어쩌다가 심기를 건드린 건지는 모르는 법이다. 아무튼 어제는 친구였던 ‘잘나가는 아이’의 눈 밖에 나면 다음 날 나는 온 아이들의 적이 되는 것이다.

그래, 갈아마셔 패밀리의 수장 녀석, 박조태는 하급반 시절부터 아이들을 데리고 우르르 몰려다니기를 좋아했다. 나도 그 패거리에 속한 아이였다. 내가 뭘 잘못해서 박조태의 심기를 건드린 걸까? 공중화장실 세면대에서 물을 튀기고 놀다가 녀석을 좀 젖게 만들어서? 가상현실 게임장에서 단체 게임을 하던 도중 내가 녀석을 너무 많이 죽여서? 그것도 아니면 내가 과자를 안 줬나?

기억나지 않는다. 어느 순간 박조태는 나를 패거리 바

깥으로 밀어냈다. 아이들은 내 뒤통수를 퍽퍽 치고 다니더니, 어느 순간부터 나를 샌드백마냥 때리기 시작했다. 어느 날은 교실 뒤편에서 격투장 놀이를 했다. 오락실 격투 로봇 대신 나를 격투 로봇처럼 세워 두고 두들겨 패는 놀이였다. 마침내 내가 교실 바닥을 구르며 켁켁대는데, 키 큰 여자애, 그러니까 김연지가 내 앞을 막아섰다.

그다음 일어난 일은 놀라웠다. 김연지가 손바닥 싸대기 단 한 대로 박조태를 제압하자(박조태는 그 한 방에 거의 날 듯이 나가떨어졌다) 모든 아이들이 알아서 비굴해졌다. 그 순간부터 나는 김연지 옆에 붙어 다녔다….

김연지는 그때 무슨 용기가 있었을까? 김연지는 언제나 그런 친구였다. 힘이 닿는 대로 약한 아이들을 도와주는…. 그러나 빌어먹을 '능력'이 아이들을 위아래로 줄 세우는 나이에 이르자, 김연지는 자신의 능력으로 박조태를 비롯한 나쁜 아이들의 폭주를 막을 수 없음에 분통 터져 했다. 그래서 나에게 대신 부탁한 거겠지. 하지만 지금의 김충호는?

김충호는 강아지를 지키고 싶은 것이다. 다른 건 빼앗겨도 강아지는 지키고 싶은 것이다. 그렇다면 난, 이 뒤에 숨어 있는 나는 대체 뭘 하고 있는 걸까? 자세히 보니 김충호는 목소리만 떨고 있는 게 아니었다. 남자가 어디 가

지 못하게 막기 위해 치켜올린 손가락과 불꽃 역시, 공포
로 후들거리고 있었다.

그 순간 나는 남자의 팔이 변하는 걸 보았다. 은회색
무쇠가 마치 튀김옷마냥 근육질 팔을 감쌌다. 김충호는
저 주먹을 버티지 못할 것이다. 나는 고함을 지르며 그들
사이로 튀어 나갔다. 그리고 몸을 던져, 힘을 최대한으로
끌어올리며 남자의 능력을 복제했다. 나는 빠르게 주먹을
내뻗었다.

원했던 바와 달리, 내 팔이 무쇠가 되진 않았다. 대신
정수리가 무쇠로 변하는 차가운 감각이 찾아왔다. 나는
망했음을 직감했다. 내가 쭉 뻗은 주먹은 그대로 남자와
충돌할 것이고, 남자가 몸을 무쇠로 감싼다면 내 팔 뼈는
그대로 박살날 터였다. 나는 내 최후를 직감하고 눈을 감
았다. 그러나 한참 뒤에도 내 팔엔 아무것도 부딪히지 않
았다. 나는 누군가의 품에 가볍게 안착하는 감각을 느꼈
고 어디선가 박수 소리가 들렸다.

눈을 뜨니 남자가 나를 우람한 두 팔뚝으로 받쳐 들고
있었다. 남자는 나를 조심히 바닥에 내려놓았다. 이게 대
체 무슨 상황인지 당황하면서 주위를 둘러보는데, 김충호
역시 어안이 벙벙한 표정이었다.

"충분해. 정말 자격이 충분해!"

돌아보니 정장을 갖춰 입은 삼십 대 정도의 여자가 서 있었다. 새로이 등장한 정장 여자는 나를 향해 걸어왔다.

"자자, 놀랐지? 미안하다. 저 아저씨는 단지 너를 테스트하려고 한 거야. 처음부터 해할 생각이 없었어. 아무튼 너희들 엄청 정의로운 아이들이구나! 시험이 옳았어!"

'뭔 시험을 말하는 거지…?'

여자는 어리둥절해하는 나에게 얼굴을 들이댔다. 여자는 나보다 키가 한 뼘 작았고 단발이었다.

"자, 소개할게. 나는 달 교육관리부에서 나온 학교 폭력 해결팀 팀장, 이혜지라고 해. 우리 팀의 목적은… 너를 학교 1인자로 만드는 거야."

'…이건 또 뭔 헛소리야?'

2장
달 교육관리부

내가 이런 일로 식은땀을 흘리게 될 줄 나조차 예상치 못했다. 지금, 나는 그동안 최대한 눈에 띄지 않게 살겠다고 다짐했던 나와의 약속을 저버리고, 정의를 실현하려는 중이다.

교실 뒤편에선 여느 때와 다름없는 괴롭힘이 벌어지고 있다. 김충호가 배구공처럼 이리저리 던져지고 있는 중이다…. 그리고 나는 저 한복판으로 들어가 갈아마셔 패밀리를 멈춰야 한다. 내 말을 듣지 않는다면 즉시 두들겨 패놔야 한다!

갈아마셔 패밀리의 멤버는 다음과 같다.

첫 번째, 김영식. 이 녀석은 눈에서 전기를 뿜어내는 능력을 가지고 있다. 저 능력이 처음으로 발현됐을 때에는, 본인의 눈알도 전기 충격으로 꽤나 따가웠는지 매일 눈물을 흘려 대서 감성남이라고 불렸다. 물론 지금은 그렇게 놀리던 녀석들을 전기 충격으로 혼내 줘서 갈아마셔 패밀리 녀석들만 그렇게 부르고 있다.

두 번째, 지민철. 키 크고 비율 좋고 잘생겼다고 평가받는 이 녀석은 마음먹기에 따라 팔과 다리 개수를 늘릴 수 있었다(얼마나 많이 늘릴 수 있는지는 세어 보지 않아서 모른다). 지민철은 평소 과묵한 편으로 괴롭힘에 동참하지는 않고 지켜보는 편이었다. 그러나 악마이기는 마찬가지. 아이들한테 물건을 빌려 가 놓고는 돌려주지 않은 게 수백 개는 될 것이다. 물건을 돌려달라고 한 아이들은 대체로 수많은 주먹질과 발차기에 두들겨 맞고 돌아왔다.

세 번째, 최희주. 갈아마셔 패밀리 내에서 유일한 여자이다. 실질적으로 갈아마셔 패밀리에서 행동대장에 가깝다고 할 수 있었고, 다들 무서워하는 아이였다. 왜냐하면… 정규 교육 클래스 아이들을 운동기구로 삼는 괴력의 소유자가 바로 최희주였기 때문이다.

나는 박조태를 포함한 네 사람을 상대해야 하는 셈이었다.

"박조태부터 일단 때려눕혀. 다른 애들은 그다음이야."

달 교육관리부의 이혜지 팀장은 나한테 이렇게 충고했었다. 나는 두근거리는 심장을 진정시키기 위해 숨을 고른 뒤, 고함을 지르며 갈아마서 패밀리 사이로 의자를 집어던졌다.

"이 자식들아! 교실 전세 냈냐?"

…내가 생각해도 정말 부끄러운 대사지만, 내가 고안해 낸 대사는 아니다. 이 이야기를 하려면 3주 전, 로봇 강아지 필두를 구해 낸 그날로 되돌아가야 한다.

"어… 그러니까 제가 뭘 해야 한다고요?"

나는 오천 번째 되묻는 중이었다.

이혜지 팀장이라는 사람의 말에 따르면, 달 교육관리부에 달의 도시 곳곳에 존재하는 모든 문스쿨에서 아이 한 명씩을 선발하라는 지시가 내려왔다. 그리고 그렇게 선발된 아이들은, 새로운 깡패가 되어 진짜 깡패들을 해치우고 학교의 도덕 질서를 다시 세워야 했다. 말하자면 정의로운 깡패가 되라는 것이었다.

김충호는 다행히 이런 헛소리를 듣지 않을 수 있었다. 이혜지 팀장이 김충호를 한쪽 구석으로 데려가 어르고 달래서 떠나보냈기 때문이다. 김충호는 집으로 가며 뭔가 부러운 눈길로 나를 몇 번이나 돌아보았다. 이혜지 팀장이 대체 뭐라고 떠들어 댄 걸까?

이혜지 팀장은 나한테 볼일이 남았다며 단말기 화면

을 들이댔는데, 화면에는 교장과 담임 사인이 된 문서가 떠 있었다. 그러고는 내가 어리둥절해하는 틈을 타 우리를 공격했던 남자(자신을 석중석 요원이라고 소개했다)와 함께 나를 공중차에 태우고 어느 아파트로 데려갔다.

달 교육관리부에서 나온 두 사람은 나를 부엌 식탁에 앉혔다. 석중석 요원은 덩치와는 달리 꽤나 섬세한 사람인 모양이었다. 이혜지 팀장은 내 건너편에 앉아 하품이나 늘어지게 하는 반면에 그는 냉장고에서 오렌지 주스를 꺼내서 나에게 건넸기 때문이다. 처음에는 독이 든 주스가 아닐까 의심했으나(그제야 나는 이 사람들이 무슨 납치범이 아닐까 살짝 의심했다), 이혜지 팀장이 왜 맘대로 자기 집 냉장고를 여냐고 석중석 요원에게 노발대발하는 것을 보고 한 모금 들이켰다. 갈증이 해소되는 맛이었다.

이들이 내가 해야 할 일에 대한 설명을 늘어놨을 때, 나는 여러 질문을 던질 수밖에 없었다.

"왜 제가 그 일을 해야 하는데요?"

"하기 싫으면 하지 마, 2등한테 또 연락할 거니까."

"무슨 2등이요?"

전교 등수라면 나를 잘못 찾아온 것이다. 나는 성적이 형편없었으니까.

"인성 시험 2등. 저번에 인성 시험 봤잖아."

나는 그야말로 놀라 자빠질 뻔했다. 교실에서 사용하는 단말기를 통해 치러진 인성 시험에 나온 질문은 조잡하기 그지없었다. 지나가는데 노인이 무거운 짐을 들고 있다면 당신은 어떻게 할 것인가? …당연히 도와준다고 답해야겠지. 이딴 걸로 어떻게 내 인성을 측정한다는 건지. 나는 모든 문항을 다 찍어 버린 뒤 단말기를 끄고 잠이나 자 버렸다. 그런데 그 테스트에서 내가 교내에서 첫 번째로 인성이 좋은 사람으로 나왔다는 말이었다.

"저 따위가 어떻게 특수 요원 클래스 애들을 해치워요?"

나는 오렌지 주스를 단숨에 들이켜고는 물었다. 그래, 매일같이 훈련하는 특수 요원 클래스 녀석들을 어떻게 이기랴! 하지만 이혜지 팀장은 별거 아니라는 듯 어깨를 으쓱하더니 작은 음료수 병 하나를 내밀었다.

"매일 이걸 섭취하고 우리와 훈련하면 돼."

비타민 병처럼 보이는 그것은 능력 증폭제라고 했다. 달 교육관리부에서 이 프로젝트를 위해 특별히 개발한 영양제! 그 정도면 영양제가 아니라 불법 약물이 아닌지 의심스러웠지만 나는 대신 다른 걸 물어보았다.

"제게 능력이 생겼다는 걸 어떻게 아신 거죠?"

"하하, 연합 정부는 네가 모르는 많은 걸 할 수 있단다. 어른들 사정 많이 알면 다쳐.”

…소름 돋는 대답이었다.

다음 날 김충호한테 물어보니, 이혜지 팀장이 김충호한테는 깜짝카메라라고 설명했다고 한다. 달 교육관리부에서 학생 대상으로 하는 교육 방송에 나올 예능이라고 했다나. 그런데 김충호보다는 내가 인터뷰하기 좋아 보여서 나를 데려갔다고 했단다. 거짓말치고는 너무 허술하다고 생각하면서도, 그딴 말을 믿는 김충호의 순진함에 감탄했다.

“잘 고민해 봐. 우리도 싫다는 애한테 강제로 시키지는 않으니까.”

어제 이혜지 팀장은 현관을 나서는 나에게 이렇게 말했다. 고맙게도 두 어른은 인공지능 택시를 불러 준 뒤, 기숙사로 돌아가는 데 드는 차비도 대신 지불해 줬다. 나는 택시 안에서 밤하늘을 올려다보았다. 밤하늘에 떠오른 커다란 푸른 지구가 나를 따라왔다. 지구의 밤하늘에서는 신기하게도 반대로 달이 사람을 따라온다던데…. 엄마가 아직 돌아가시기 전, 아빠라는 양반이 해 준 말이다.

아빠가 지구로 일하러 떠난 지 벌써 5년이 흘렀다. 1년에 두세 번 할까 말까 한 통신에서 아빠는 우주 항공 엔지니어로 매일 바쁜 나날을 보낸다고 했다. 저 푸른 지구 어딘가에 아빠가 살고 있을 터였다. 그래도 보호자로서 일말의 양심은 있는지, 기숙사비와 용돈은 매달 밀리지 않고 보내 주었다.

오늘 아침, 담임이 교무실로 불렀을 때 나는 당황할 수밖에 없었다. 담임은 특유의 반쯤 감긴 졸린 눈으로 날 돌아보지도 않고 책상 위 전자 화면에 문서 파일 하나를 띄웠다. '달 교육관리부 폭력 박멸 프로젝트 동의서'라는 제목의 문서 맨 아래, 보호자 서명란이 박혀 있었다.

"너 어제 이거 하기로 했다며? 지구에 있는 아버님한테 파일 전송해서 사인 받아 와."

"…저 아직 결정 안 했는데요."

담임은 오만상을 찌푸리더니, 다시 연락해 보겠다며 교실로 가 보라고 했다. 나는 교무실을 돌아보았다. 원래도 담임이 건성인 편이긴 했지만 어쩐지 한 달 전부터 더더욱 교실에 신경 쓰지 않는 듯했다. 그런 건성이 전염이라도 되는 건지, 교무실에 자리한 모든 선생님들이 죄다 뭔가 무기력하게 보였다.

"그래서, 어떤 채널에서 그 깜짝카메라 영상이 나올 거래?"

김충호가 물었다. 나는 방송 전까진 비밀을 엄수해야

한다고 대충 얼버무렸다. 김충호는 시무룩한 표정이었지만 더 이상 캐묻지는 않았다. 하긴, 우리는 여태 별다른 대화를 섞지 않은 사이였으니….

그때 주변에 푸른빛이 번쩍이더니 김충호가 비명을 지르며 의자에서 펄쩍 뛰어올랐다. 놀란 내가 옆을 돌아보니, 갈아마셔 패밀리 멤버들이 재밌다는 표정을 짓고 서 있었다.

"인간 라이터가 우리 말고도 친구가 있네?"

김영식 눈에서 눈물이 흘러내리는 걸로 보아 김충호의 엉덩이에 대고 전기 충격 능력을 발휘한 모양이었다. 나는 순간 얼굴이 화끈해지며, 얘는 나랑 친구가 아니라고 대답할 뻔했다. 그런데 김영식 옆에서 최희주가 끼어들었다.

"라이터는 도구인데 친구라는 게 존재하는 게 말이 되냐? 야, 인간 라이터, 그렇지?"

김충호는 바닥에 엎드린 채 아픔을 겨우 참으며 고개를 끄덕였다. 갈아마셔 패밀리는 좋아하며 악당처럼 낄낄댔다.

순간, 나는 필두를 지키려 했던 김충호를 떠올렸다. 폭력에 맞서던 그 광경을. 그리고 여전히 교실 한구석에서 김연지가 보내는 날카로운 시선과 마주했다.

김충호랑 친구가 아니라고 바로 대답하려던 나 자신이 부끄러웠다.

'그래, 갈아마셔 패밀리, 두고 보자.'

나는 그 길로 단말기를 열어 바로 이혜지 팀장에게 메시지를 보냈다.

— 저, 할게요. 대신, 아빠한테는 알리지 말아 줘요.

그날부터 이혜지 팀장은 나를 매일 학교가 끝나고 저녁 식사를 마친 시각에 근처 동네 체육관으로 불러냈다. 내가 학교 체육관을 쓰면 되지 않냐고 묻자(마침 나는 학교 기숙사에서 생활하기도 했고), 이혜지 팀장이 한심하다는 눈으로 쳐다봤다.

"우리가 비밀 훈련 한다고 아무도 못 들어오게 두 시간 통째로 빌려 놓을 건데, 그럼 문스쿨 애들은 어디 가서 놀아? 미안해서 그렇게는 못 하지."

아니, 동네 주민들한테는 미안하지 않다는 말인가. 그치만 공원에도 스포츠 구장들이 마련되어 있으니 괜찮을 것 같았다. 슬슬 바이오 돔이 봄을 끝내고 여름으로 날씨를 조정하는 시기였다. 달에 거주하는 주민들이 지구의 다양한 날씨를 경험할 수 있도록 일정한 기간마다 계절을 일부러 바꾼다고 들었다. 나는 봄가을만 계속되면 좋겠다고 투덜거렸지만, 패션에 관심이 많은 김연지는 옷을 다양하게 입을 수 있어서 사계절이 있는 게 좋다고 했다.

평일 저녁이면 무조건 체육관으로 가서 능력 증폭제를 섭취한 뒤 훈련을 받았다. 나는 이혜지 팀장과 석중석 요원의 능력을 복제해, 그들만큼 완벽하게 힘을 통제해야만 했다. 두 사람은 체육관 안에 마네킹처럼 생긴 격투 훈련용 로봇을 득실득실하게 풀어놓았다. 그리고 초록 로봇을 착한 학생, 노란 로봇을 깡패 학생이라고 지정했다. 나는 착한 애들에게 피해 주지 않고 깡패만 해치워야 했다.

"…저 혼자만의 힘으로 학교 전체를 제패하는 게 가능할까요?"

"음, 그래서 우리 쪽에서 지원군을 투입할 예정이야. 근데 사정이 있어서 좀 늦어지네."

지원군? 특수한 능력을 가지고 함께 상대를 때려눕혀 줄 친구가 온다는 뜻인가? 나는 궁금한 것투성이였지만 이혜지 팀장은 나중에 설명하겠다며 얼른 훈련이나 재개하자고 했다.

이혜지 팀장은 공기 중에 소리를 내뱉어 만들어진 음파를 돌덩이로 만들 수 있었다. 그리고 크게 소리치거나 비명을 질러 돌을 총알처럼 날려 보냈다. 음파로 돌을 만들어 내고 그렇게 만들어진 돌을 음성으로 조종하는 능력이었다. 처음 능력 증폭제를 마셨을 때, 나는 목소리로 커다란 바윗덩이를 허공에 소환했다. 석중석 요원이 달려와 무쇠 주먹으로 바위를 부수지 않았다면 체육관 바닥이 전부 박살났을 터였다.

능력 증폭제를 마신다고 해서 능력을 자유자재로 다룰 수 있는 건 아니었다. 그러나 능력을 제대로 제어할 실력만 갖춘다면, 어떤 이의 능력을 복제하든지 간에 금세 적응할 수 있을 거라고 했다. 하지만 내 실력은 진척이 없었다. 언젠가 나는 석중석 요원의 능력을 복제해 내 온몸을 무쇠로 뒤덮은 적이 있다. 내가 힘 조절을 제대로 못하는 바람에 착한 로봇이고 깡패 로봇이고 만지는 것마다 파괴되었다. 모의 훈련에서 나는 졸지에 학생을 다 때려눕힌 무자비한 폭군이 되고 말았다.

"아 제발, 나를 봐 봐."

이혜지 팀장이 말하자마자 허공에 돌덩이가 생겨났다. 동시에 팀장은 낮은 소리를 흘렸다. 팀장이 소프라노처럼 목소리를 높이자 멈춰 있던 돌들이 빠르게 날아갔다. 그리고 한 로봇의 면상을 박살내려 하기 직전, 급히 소리를 낮추었다. 돌은 로봇의 코앞에서 그대로 멈췄다. 나는 힘을 섬세하게 조절하는 팀장의 능력에 감탄했다. 특수 요원 클래스 아이들도 이 정도의 수준일까? 이후로 나는 네 시간 동안 음파로 돌을 만든 뒤 음성으로 조종하는 훈련을 반복했다.

수건으로 이마와 목에 흘러내린 땀을 닦고 있으니, 석중석 요원이 나에게 캔 음료를 내밀었다. 그 아저씨는 벌컥벌컥 음료수를 마시는 나를 보며 왜 아빠한테는 알리면 안 되냐고 물었다.

"허락 안 해 줄 게 뻔하니까요."

내 사정은 하나도 모르고 무책임한 주제에 이럴 때엔 꼭 아빠 행세를 하려 들 것이다. 나는 그 모습을 보기가 너무 싫었다.

"그러면, 복잡한 절차는 우리가 알아서 처리하지."

석중석 요원은 중후한 목소리로 말했다.

주말을 제외하면 내 일상은 학교 수업과 훈련으로 얼룩졌다. 매일같이 체육관에서 몸을 날리고 움직이느라 근육통이 장난 아니었다. 심지어 날씨도 무더워진 탓에 땀을 주룩주룩 흘려 대서 나 스스로가 쓰다 버린 행주처럼 느껴졌다. 그 와중에 로봇 강아지 필두를 보려면 저녁을 먹자마자 폐건물까지 날듯이 다녀와야 했다.

김연지는 매일 어디를 그렇게 바쁘게 쏘다니냐고 물

었다.

"엔지니어링 학원에 등록했거든."

"엔지니어링? 너네 아빠처럼…?"

"응. 아빠랑 오랜만에 연락했는데, 졸업하면 머신 엔지니어링 쪽에 연줄을 대 줄 수도 있다고 해서."

일요일, 나와 김연지는 가상현실 게임 체험관에서 신나게 논 뒤, 편의점 앞에 앉아 아이스크림을 먹었다. 김연지는 내게 정의의 사도가 되라는 타령을 언제부턴가 하지 않고 있었다. 내가 한 달 넘게 꿈쩍도 하지 않아서 포기한 건가?

뙤약볕이 내리쬐는 가운데 열 홉수 차양이 그늘을 만들어 주었다. 차양의 안쪽 부분에 붙은 얇은 전자 화면에선 코미디 방송 영상이 재생되고 있었다. 김연지는 나와 놀다가 심주은이라는 특수 요원 클래스 친구를 만날 예정이었다.

"너 아빠 되게 싫어했잖아."

김연지는 차양 아래의 영상을 홀린 듯 바라보다가 눈을 떼고 물었다. 코미디 방송이 끝나고 왕땡버거라는 이름의 햄버거 광고가 나왔다. 지구에서 엄청 유행 중인 햄버거라고 했다. 아직 달에는 안 들어온 모양이지만.

김연지는 내가 아빠에 대한 험담을 털어놨던 과거가

떠오른 모양이었다. 나는 "앞으로 무슨 직업으로 먹고 살지도 생각해야지"라는 말로 얼버무리고 말았다.

달디단 주말은 짧기만 했고 고단한 훈련은 계속되었다. 언젠가 훈련에 지쳐 저녁을 먹자마자 기숙사 침대에 뻗어 버린 적이 있다. 눈을 뜨자 세 시간이나 지나 있었고, 단말기 화면은 나보고 어디냐고 묻는 이혜지 팀장의 메시지로 가득했다. 나는 즉시 전화를 걸어 몇 번이고 죄송하다고 사죄해야 했다.

"어쩔 수 없지. 오늘은 편히 발 뻗고 자라."

이혜지 팀장은 한숨을 쉬었다. 별다른 불이익은 없어서 다행이라면 다행이었다. 다음 날 훈련 때 깡패 로봇들이 내게 주먹을 휘두르는 강도가 평소보다 훨씬 세졌다는 것만 빼면. 이혜지 팀장은 결석한 만큼 빡세게 훈련하라며 로봇의 난이도를 높여 놨다고 했다. 나는 석중석 요원의 능력으로 온몸을 바쁘게 방어하느라 영혼이 빠져나갈 뻔했다.

하지만 이런 것들은 힘든 편에 속하지도 않았다. 진짜 힘든 일은 따로 있었다. 요원들은 내게 학교에서 어떤 괴롭힘이 일어나고 있는지 보고하는 임무까지 맡긴 것이다. 내가 앞으로 학교를 어떻게 평정해 나갈지 계획을 세우는 데 도움이 되기 때문이라나? 또 달 교육관리부에 보고가 안 된 괴롭힘 사례도 있을 수 있기 때문에 학생의 눈으로 관찰한 폭력 보고서가 필요하다고도 했다.

당연히 갈아마셔 패밀리가 모든 학교 폭력을 독점하고 있지는 않았다. 가, 나, 다, 라, 마, 바로 나누어진 여섯 개의 학급마다 강자와 약자가 존재했다. 선생님들의 눈을 피해 능력을 남용하는 아이들은 어디에든 있었다.

어떤 아이는 정수기에서 물을 마시려다 얼굴에 달린 구멍이란 구멍으로 죄다 물을 먹기도 했다(물을 다루는 능력을 가진 녀석이 저지른 일이 분명했다). 정규 교육 클래스 아이들이 축구하는 도중, 하늘에서 날아온 특수 요원 클래스 녀석이 공을 들고 그대로 학교 너머로 휙 날아가버린 적도 있다(힘겹게 공을 다시 가져온 순간, 녀석이 얄밉게도 또 나타나 공을 가지고 날아갔다). 매점에서 구입한 핫도그가 커다란 거미로 변하는 환상을 보고 더 이상 매점에 가지 않는 아이도 생겼다(범인은 매점 구석에서 자신의 환각 능력에 심취해 낄낄거리고 있었을 것이다).

학교가 녀석들의 만행에 아예 대비하지 않은 건 아니었다. 특수 요원 클래스에서는 실습 윤리 과목을 가르쳤다. 김연지가 맨 앞에서 열심히 듣는 수업 중 하나일 정도로 좋은 내용이 가득하다고 했다. 게다가 수업에서 그저 말로만 아이들을 가르치려 든 건 아니었다. 능력을 오용하다가 걸리는 녀석은 수업 시간이 끝난 뒤, 지하의 재교육실에서 교육용 홀로그램을 몇 시간 동안 시청해야 했으니까.

그러나 실습 윤리 수업이 무색하게도 특수 요원 클래스 녀석들은 나머지 두 클래스의 아이들을 못 잡아먹어서 안달이었다. 심지어 재교육실로 끌려간 몇 녀석은 다음 날 다른 클래스 애들한테 보복하려 들기도 했다.

갈아마셔 패밀리는 그중에서도 가장 악질적인 부류였다. 김충호는 녀석들 사이에서 언제나 샌드백처럼 굴러다녔다.

수업 시간 내내 책상에 엎드려서 눈과 귀를 막던 시절에는 신경 쓰지 않으려 했던 일들이었다. 공교롭게도 학교에서 일어나는 일을 보고하면서, 나는 점차 분노가 차올랐다. 김연지는, 항상 이런 풍경을 보고 있었던 걸까?

이혜지 팀장은 내 보고를 받고 고개를 절레절레 저었다.

"우리 때는 안 그랬는데 말이야. 그치? 요즘 애들 문제가 많아."

이혜지 팀장은 문스쿨 졸업생으로 학창 시절부터 석중석 요원과 선후배 사이였다고 했다. 두 사람이 문스쿨에 재학하던 시절 지하 재교육실이 처음 만들어졌는데,

그때는 지금보다도 더 오랜 시간 동안 처박혀서 교육용 홀로그램을 반복 시청해야 했다고 알려 줬다.

"글쎄요, 그때도 괴롭힘이 있었는데…."

석중석 요원이 어깨를 으쓱였다.

녀석들을 얼른 혼내 주고 싶다고, 나는 허공에 주먹을 휘두르며 말했다.

"아직이야. 지금 이대로라면 백 퍼센트 녀석들한테 깨진다."

그날, 나는 깡패 로봇들이 동시에 휘두르는 주먹에 정신없이 얻어맞은 뒤 뻗어 버렸다.

"어설프게 나서다가는 계획이 전부 틀어져. 화나는 일이 있더라도 참아."

대체 나를 도와줄 지원군은 언제 만날 수 있는 걸까? 그날 나는 혼자 힘으로는 벅찰 수도 있겠다는 생각이 들었다.

＊

간만에 학교에 아이들이 흥분할 만한 소식이 들려왔다. 바로 전학생이 왔다는 소식! 듣자하니 지구에서 이주해 온 전학생이라고 했다! 이 말에 아이들은 더욱 기대에

부풀었다. 이곳의 아이들은 하급생 시절부터 같은 구역에서 알고 지낸 녀석들이 대부분이었다(간혹 가족의 사정으로 다른 구역에서 온 애들 몇몇이 있긴 했지만). 말 한 번 섞지 않았더라도 얼굴은 지겹게 보아 온 사이였다.

그런데 지구에서 온 아이라니, 완전히 새로운 얼굴 아닌가. 그뿐만이 아니라 달에서는 알 수 없는 지구의 이야깃거리를 한 꾸러미는 들고 왔을 테니 말이다. 하지만….

"지구에서 왔으면 별다른 능력이 없을 테니 당연히 정규 교육 클래스로 가겠네…. 걔는 뭔 죄냐."

김연지는 전학생 앞에 펼쳐질 고생길이 훤히 보인다는 듯 고개를 절레절레 저었다. 갈아마셔 패밀리는 새롭게 가지고 놀 수 있는 장난감 하나가 더 들어오는 것 아닌가 하는 기대를 품었을지도 몰랐다. 그것도 지구에서 온 신선한 장난감이.

지구의 아이가 교실에 등장했을 때, 먼저 그 생김새에 다들 당황하고 말았다. 누군가는 8등신 비율의 잘생기거나 예쁜, 교실에 새로운 활력을 불어넣어 줄 비주얼을 기대했을지도 모른다. 놀랍게도 전학생은 그 기대가 이루어진 듯한 생김새였다. 전날 밤 가상현실 댄스 무대에서 잘생김을 내세우던 아이돌 가수가 그대로 걸어 나와 교실에 서 있는 느낌이었다. 갈아마셔 패밀리 내에서 봐 줄 만한 외모를 지닌 지민철조차 긴장했다. 게다가 동그랗게 뜬 눈을 한 번도 깜빡이지 않아서 인상이 매우 차가워 보였다.

그러나 전학생이 이름을 소개하자 단번에 차가움의 벽이 무너졌다.

"안녕, 얘들아. 내 이름은 라굴라굴라 다굴라굴라야!"

달의 다른 구역에서 전학 오는 애들이 있다. 그런 애들은 우리 구역과는 상당히 다른 방식으로 지어진 이름을 가지고 있었다. 그러나 그와 비교해서도 가장 어이없는 이름이었다. 생김새와는 너무 다른 이름에 다들 킥킥거리자, 전학생은 우리 구역의 법칙대로 이름을 바꿔 봤다며 '임굴라'로 불러 달라고 했다. 지민철은 대놓고 배를 잡고 웃어 대기 시작했다. 김연지는 이 상황이 마음에 안 든다는 듯 심통 난 표정을 짓고 있었다.

나는 이 모든 풍경을 남들보다 비교적 무심하게 바라보았다. 왜냐하면… 난 며칠 전에 우리의 잘생긴 임굴라 씨와 인사를 마친 상황이었기 때문이다. 바로 달 교육관리부 요원들의 소개를 통해서 말이다.

여느 때와 다름없는 하루였다. 언제나처럼 학교에서는 아이들이 자기보다 약한 녀석들을 괴롭혔다…. 아니, 평소보다 특기할 만한 일이 하나 있기는 했다. 수업이 끝나자마자, 나는 로봇 강아지 필두를 보러 총알같이 뛰어나갔다. 폐건물에 도착하자 또 다른 반가운 얼굴과 마주했다.

김충호가 먼저 와서 필두와 놀아 주고 있었다.

"오랜만에 오네?"

나는 쭈뼛거리는 걸음으로 필두를 끌어안고 있는 김충호에게 다가갔다. 학교에서 거의 말을 나누지 않는 탓에 좀처럼 어색함이 풀리지 않았다. 나는 가까워질수록 뭔가 이상하다는 느낌이 들었다. 필두가 평소처럼 애교 부리지도 않고, 김충호의 품에서 슬프게 낑낑거리고 있었다. 왜 그런지 알 수 있었다. 로봇 펫들은 사람의 표정을 포착해서 감정을 가늠하고 그에 따라 행동하는 기능이 있다. 다시 말해, 김충호는 울고 있었다!

"애들이 점점 더 심해져."

내가 묻지도 않았는데 김충호가 털어놓았다.

"전에는 기숙사에 살지 않아서 그나마 다행이라고 생각했어. 그 애들이랑 끝까지 같이 있지 않아도 되니까…. 그런데 이제는 아니야."

이런 젠장, 이럴 줄 알았으면 이 녀석이 좋아하는 초콜릿이라도 가져오는 건데. 나는 누군가의 슬픈 이야기를 들어 주는 능력이 형편없었다. 김충호가 이야기를 털어놓는 동안 어깨에 살포시 손을 얹어 위로를 표하는 것 말고는 할 수 있는 게 없었다.

김충호의 말에 따르면, 김충호는 여태껏 집에 도착하면 집 밖으로 한 발자국도 나오지 않았다. 박조태가 오밤중에 나오라고 아무리 메시지를 보내도 무시하고 방에 처박혀 자신이 좋아하는 프로그래밍에 몰두했다. 다음 날 학교에서 앙갚음을 당했지만, 김충호는 그 기조를 바꾼 적이 없었다. 결국 갈아마셔 패밀리는 저녁 시간까지 김충호를 괴롭히는 걸 포기했고, 최근에는 필두를 보러 올 정도의 자유로운 시간까지 가질 수 있었다.

그런데 엊그제 이변이 일어났다. 그날 김충호는 수업이 끝나자마자 바로 집으로 돌아가는 척 달려 나갔고, 마트에 들러 달 특산물 과자를 샀으며, 집에 도착해 집안일 담당 로봇에게 하이톤으로 경쾌하게 안부를 물으며 소파에 걸터앉았다. 그때,

"오늘 왜 늦었니? 친구가 와서 기다리고 있는데!"

안방에 있던 엄마가 이렇게 말하며 나왔다. 그리고 그곳에 있으면 안 되는 존재도 함께 튀어나왔다. 악몽 속에서나 볼 법한 광경이었다. 갈아마셔 패밀리의 대장, 박조태가 희미하게 미소 짓고 있었다.

이게 어떻게 된 일이냐면…, 박조태는 학교를 마치자마자 김충호의 집으로 찾아갔고, 문을 열어 준 엄마에게 자신을 김충호의 절친한 학급 친구라고 소개했다. 김충호와

조별 과제를 같이 하기 위해 만나기로 약속했는데, 좀 일찍 찾아왔다고 거짓말을 한 것이다. 그날 박조태는 김충호의 집에서 밥까지 얻어먹었고…, 김충호의 방에 들어가 둘만 남겨지자 본색을 드러냈다.

"전에 너네 집에서 비싼 물건 뭐 하나 훔쳐 오라고 했던 거 기억하냐? 야야, 이제 할 수 있겠네. 내가 직접 가지러 오면 되니까."

그날 당장 박조태가 뭔가를 가져가거나 한 건 아니었다. 하지만 박조태는 현관문을 나서면서, 엄마에게 예의바르게 다음에도 들르겠다는 무서운 말을 남겼다.

"이제 난 집에도 가기 싫어…. 걔네들이 기다리고 있을지 모르잖아."

나는 끝내 제대로 된 위로의 말을 한마디도 전하지 못했다. 다만 이렇게 말했다.

"그래도 포기하지 마! 네가 계속 잘 사는 게 가장 큰 복수니까…."

원래 해 주고 싶은 말은 이딴 하나 마나 한 소리가 아니었다. 좀만 참으라고, 아주 조금만. 그럼 내가 나서 줄 거라고. 내가 놈들의 코를 다 박살낼 거라고…. 요원들과 비밀을 약속하지만 않았으면 자신 있게 말했을 것이다. 이런 자신감은 이혜지 팀장의 한마디에 꺾이고 말았지만.

“왜 어제보다 못하는 것 같냐? 이러다 훈련만 하다가 졸업하는 거 아냐?”

그날따라 더 화가 났기 때문일까? 감정을 조절하기 힘들어서 집중력이 떨어진 걸까? 나의 음성으로 만들어진 돌멩이가 깡패 로봇을 쫓다가 갑자기 파사삭하고 힘없이 부스러졌다. 실전이었다면 이 순간을 이용해 상대방이 나를 다른 능력으로 제압했을 것이었다.

“네 생각은 어때?”

이혜지 팀장은 옆에다 대고 물었다. 그날 체육관에는 기존의 셋 말고도 한 사람이 더 있었다. 8등신에 잘생긴 내 또래 남자애가. 바로 임굴라가 요원들과 함께 나를 구경하고 있었다!

체육관에 들어올 때부터 시선을 잡아끄는 녀석이었다. 녀석은 나를 보자마자, “네가 그 히어로구나? 잘 부탁해!”라며 내 손을 부서질 듯 잡고 악수했다. 이혜지 팀장이 녀석을 소개하기도 전이었다.

녀석은 내가 묻기도 전에 스스로에 대해 주저리주저리 떠들어 댔다. 요약하자면, 임굴라는 지구에서 발탁된 영재 학교 학생이며, 달 교육관리부 소속으로 일하게 되었고, 앞으로 내가 학교를 정복하도록 도와주는 역할을 할 거란 말이었다. 그러니까 요원들이 기다리던 ‘지원군’

이 바로 이 녀석이었다.

"저랑 동갑인데 달 교육관리부에서 일을 해요…?"

처음 지원군 얘기를 꺼냈을 때만 해도 학교에 있는 다른 아이를 꼬시는 줄 알았는데…. 학교 물정도 모르는 그냥 똑똑한 녀석을 한 명 붙여 준다고 뭐가 달라질까?

"재가 말했잖아, 영재 학교 출신이라고. 자세한 건 둘이 친하게 지내면서 차차 물어봐."

당장 이튿날부터 학교로 전학 수속을 밟을 거라는 얘기도 들려줬다. 임굴라는 체육관 가장자리에서 웃음 가득한 얼굴로 내가 훈련하는 모습을 감상했다. 나는 웬만하면 잘하는 모습을 보여 주고 싶었다. 그러나 이혜지 팀장이 파악했듯, 나는 실수를 남발했다. 임굴라는 의아한 표정이었다.

"…곧 데뷔한다고 들었는데, 이대로라면 좀 걸리겠는데요?"

오늘 처음 봤으면서 네가 뭔 평가질이냐고 소리치고 싶었다. 요원들이야 어른이라지만… 또래 아이한테 이런 얘길 들으니 자존심이 상했다. 하지만 이마에서 비오듯 흘러내리는 땀을 닦아 내느라 대거리할 타이밍을 놓치고 말았다.

임굴라는 헐떡거리면서 휴식을 취하는 나에게 다가와

파트너의 실력을 잘 봤다며 친하게 지내 보자는 말로 마무리 지었다. 석중석 요원은 평소처럼 침묵 속에서 이온 음료를 던져 줬다. 아니, 속삭이듯 한마디를 건넸다.

"조급해하지 마. 아직 학기는 남아 있으니까."

글쎄요, 김충호도 그렇게 생각할까요? 나는 쏘아붙이려다 말고 이온 음료만 꿀꺽꿀꺽 삼켰다.

…아무튼 이러한 사정으로 나는 막 전학 온 임굴라와 구면이 되었다. 심지어 전후 사정을 대충 주워들어서 알고 있는지, 담임이 나더러 임굴라를 안내해 주라고 했다. 나는 어색하게 인사하며 내 이름을 소개하는 척, 목소리를 낮춰 속삭였다.

"…그래서 이제 어떻게 할 거야?"

"뭘 어떻게 하는데?"

임굴라는 특유의 실실 웃는 얼굴로 되물었다.

"네가 나 도와줄 거라며! 똑똑한 놈이니까 작전이든 뭐든 있을 거 아냐."

"글쎄, 학교가 어떻게 돌아가는지부터 알아야겠는데?"

이쯤 되니 싱글벙글 웃는 저 얼굴에 찬물이라도 끼얹고 싶었다. 나는 한숨을 쉬며 나를 도우러 온 거는 맞냐고 물으려 했으나, 어젯밤 훈련받을 때의 일이 떠올랐다. 어쩌면 이 녀석이 내가 잘할 수 있을지 의심하고 있을 수도 있다. 이 계획의 중추인 내가 제대로 능력을 운용하지 못하는데 작전 따위 세워 봤자 무슨 소용 있겠냐고 대답하지 않을까? 그런 생각이 드니 아무 말도 할 수 없었다.

임굴라가 영재 학교 출신인 건 사실이었나 보다. 내가 수업 시간 내내 책상에 엎드려 온몸으로 구해 달라는 몸짓을 하고 있을 때, 임굴라는 허리를 빳빳하게 세우고 선생님 말을 경청했다. 쉬는 시간이 되자마자 재수 없는 소리를 하긴 했지만.

"문스쿨 애들은 좀 떨어지나 봐. 내가 지구 학교에서 1년 전에 배운 걸 이제 배우다니."

혹시 갈아마셔 패밀리가 새로운 장난감을 찾은 얼굴로 전학생을 보며 군침을 흘리고 있지 않을까 하는 희망으로 뒤를 돌아봤다. 그러나 갈아마셔 패밀리는 선생님의 지루한 가르침에 온몸을 타격받아 곯아떨어져 있었다.

"…넌 영재 학교에 있었잖아. 당연히 진도가 더 빨랐겠지."

점심시간에는 이 재수 없는 녀석을 데리고 식당에서부터 매점, 운동장, 체육관, 도서관, 가상 체험관, 지하 재교육실까지 휘돌아다녔다.

"야, 여기는 왕땡버거도 안 파네!"

편의점을 구경하고 나오는 길에 임굴라가 말했다.

"…그거 지구에서 유행하는 햄버거라며? 맛있냐?"

"끝내주지."

내가 다시 교실로 돌아가려 하자 임굴라는 본교 측면에 있는 또 다른 건물을 가리키며 뭐 하는 곳인지 물었다. 마치 거대한 유람선이 학교에 상륙한 듯 예술적으로 지어진 건물이었다. 그저 회색 박스처럼 생긴 본교 건물과는 달리 근사했다.

"우리 같은 정규 클래스 애들은 갈 일 없는 건물. 실습동이라고 해. 나머지 두 반 애들이 초능력 실습을 하는 곳이거든."

공무원 클래스와 특수 요원 클래스 애들은 간혹 합동 실습을 했다. 특수 요원이 현장에 나가면 공무원이 그들을 보조해야 했으므로, 그런 상황에 대비한 실습이었다. 저기서도 김충호는 괴롭힘을 당할까? 나는 아직도 흥미로운 표정으로 이쪽저쪽을 살피는 임굴라를 쳐다봤다.

"근데 너희 부모님은 뭐라 안 하셔? 달까지 와서 이러는 거?"

"응? 아, 요원들이 특별 집중 교육 기간이라고 통보해 놨어. 지금쯤 연합 정부 기관에서 공부하고 있다고 생각하실걸? 달에 온 거는 꿈에도 모르시겠지."

임굴라는 잘생긴 얼굴로 실실 웃었다. 마치 자기 부모님을 속이는 게 재밌다는 듯이. 하긴 나도 지구에 거주하는 아빠한테 하나도 알려 준 게 없다. 내가 능력이 발현됐다는 사실조차 말이다. 얼마나 많은 아이들이 어른들에게 얼마나 많은 걸 숨기고 있을까?

점심시간이 끝나갈 무렵 우리는 반으로 돌아왔다. 뒷문을 열자마자 누군가의 몸이 복도 쪽으로 날아가 내 뒤통수 너머로 처박혔다. 김충호였다. 김충호는 아픈지 씨근거리며 복도에서 일어났다. 교실 안에서는 언제나 그렇듯 갈아마셔 패밀리가 낄낄거리고 있었다. 대장 박조태가 손짓을 하자 김충호의 몸이 떠올라 누군가 찬 공처럼 교실 안으로 날아들었다. 그리고 그 몸을 최희주가 손바닥으로 가격했다. 엄청난 타격을 입은 김충호의 몸이 허공에서 빙글 돌더니, 그대로 바닥에 내리꽂혔다. 연속된 타격에 온몸이 아플 게 분명했으나 김충호는 재빨리 몸을 일으켜 세웠다. 마치 그러지 않으면 더욱 괴롭힘을 당할 거라는 듯이.

하마터면 욕을 내뱉을 뻔했다. 나는 참기 위해 이를 악물어야 했다. 손톱이 손바닥에 파고들도록 주먹을 꽉 쥐어야 했다. 하지만 참을 수가 없었다.

내 얼굴에 떠오른 표정을 본 임굴라가 말했다.

"야, 지금은 나설 때가 아니야. 능력 증폭제도 안 가져 왔고 무엇보다 아직 넌 능력을 제어…."

임굴라는 내 어깨를 잡아 눌렀다. 나는 팔을 들어 저 리 가라는 손짓을 했다. 그 순간 내 눈에만 보이는 손들 이 튀어나와 임굴라를 잡아당겼다. 임굴라는 미끄러지듯 뒤로 끌려갔다. 그렇다. 난 박조태의 힘을 복제한 것이다. 이어서 최희주의 힘을 복제해 의자를 녀석들 사이로 집어 던졌다.

나는 훈련 시간에 끝없이 연습한 말을, 달 교육관리부 요원들이 기선 제압용으로 가르쳐 준 말을 내뱉었다.

"이 자식들아! 교실 전세 냈냐?"

한 달 가까이 훈련을 하면서, 내 능력의 한계를 충분 히 깨달았다. 가장 큰 단점은 한 번에 한 가지 능력밖에 복제하지 못한다는 것이다. 그래서 나는 능력을 복제한 뒤, 바로바로 다른 능력으로 교체하는 연습에 열중했다.

한 번에 한 명씩 상대하면 모를까, 넷이 모여 있을 때 박조태를 무너트리려면 다른 셋을 먼저 무력화해야 했다. 나는 녀석들이 당황한 틈을 이용하기로 했다. 내 능력은 아직 알려지지 않았으니까.

먼저 나선 녀석은 지민철이었다. 무수한 팔다리를 뽑아내서 아이들을 패 놓는 녀석. 녀석은 통이 넓은 옷을 좋아했는데, 여러 개의 팔다리를 불러냈을 때 민망한 상황이 벌어지지 않도록 대비한 것이었다. 전에 딱 달라붙는 바지를 입고 다리 세 개를 만들었다가 바지가 찢어진 적이 있었다.

녀석을 공략할 부위는 두 군데였다. 나는 김영식의 힘을 복제해, 지민철의 어깻죽지와 다리에 전기 충격을 가했다. 녀석은 비명을 질렀고, 내 눈에서는 눈물이 흘러나왔다.

"오, 뭐야? 나랑 같은 능력이야?"

지민철이 쓰러지자 김영식이 흥미롭다는 듯 앞으로 나섰다. 주위를 둘러싼 아이들 사이에서 수군거림이 들려왔다. "뭐야, 쟤, 정규 클래스 찌질이 아니었어?" "능력을 숨기고 있었던 거야?" "왜 지금 나대는 거야?" 등등. 나는 신경 쓰지 않고 김영식의 눈에만 집중했다.

김영식이 상상한 건 두 사람의 불꽃 튀는 대결이었을 것이다. 서로를 쳐다보며 전기 충격을 가하다가, 더 강한 충격을 준 사람이 승리하고 한 명은 쓰러지는 그런 싸움. 하지만 나는 그런 무식한 힘 과시엔 관심이 없었다.

나는 박조태의 능력을 복제했다. 김영식이 능력을 발

휘하기 전, 재빨리 나에게만 보이는 손으로 녀석의 두 눈을 찔렀다. 김영식은 눈을 감싸며 바닥을 굴렀다.

최희주는 이게 대체 무슨 상황인지 분간 못 하는 표정이었다. 자, 이번에는 어떤 힘자랑을 보여 주려나? 내가 말없이 쳐다보는 가운데, 갈아마서 패밀리의 대장 박조태가 앞으로 나섰다.

"너 씨, 갑자기 뭐야? 너 누군데 이래?"

…나에 대해서 완전히 잊어버린 걸까? 나를 괴롭혔던 일에 대해서? 나는 고개를 숙였다. 내 발치에 한 어린아이가 서 있었다. 그 아이는 내 다리를 감싸 안고 나를 올려다보고 있었다. 하급반 시절의 내가, 박조태의 샌드백 신세였던 내가, 나를 붙잡고 있었다.

"야, 뭔지 몰라도, 어? 갑자기 공격하는 건 매너가 아니지!"

나는 다리에 힘을 주어 바닥을 박차고 튀어 올랐다. 최희주의 능력을 복제한 것이었다. 그리고 그대로 박조태의 턱에 있는 힘껏 박치기를 날렸다.

박조태는 보이지 않는 손으로 자신의 몸을 방어했다. 그러나 녀석의 손은 내 박치기를 막아 내기에는 역부족이었다. 내 머리는 보이지 않는 손아귀들의 힘을 뚫어 버리고, 녀석의 턱에 명중했다.

　박조태는, 그 악명 높은 갈아마셔 패밀리 대장은 그대
로 무릎을 꿇고 기절했다.
　"우아, 수혁이 싸움 잘한다!"
　등 뒤에서 임굴라의 환호성이 들렸다.

3장
왕땡버거

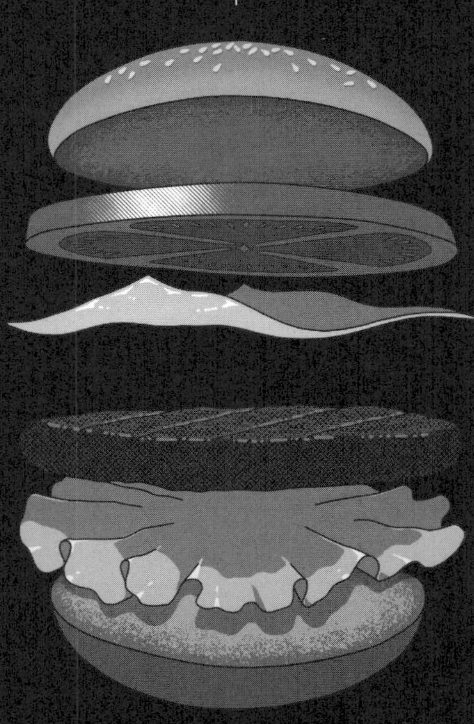

질서는 스스로 찾아오지 않는다. 질서는 내가 직접 나서야만 찾아온다. 나는 그 사실을 지난 몇 주간의 경험으로 뼈저리게 깨달았다.

내가 박조태를 때려눕힌 뒤, 그리고 능력을 모두 앞에서 선보인 이후로 많은 변화가 있었다.

나는 특수 요원 클래스 학생이 되었다. 달 교육관리부 요원들과 학교의 합의로 내가 데뷔전을 치르자마자 예정되어 있던 절차였다(그날 나는 이혜지 팀장에게 예고도 없이 행동했다며 욕을 먹었다. 예정된 절차를 따르려면 행동도 계획적으로 해야 한다는 등 어쩌고저쩌고 잔소리를 퍼부었다). 아이들을 건성건성 대하는 담임은 역시 힘없는 눈초리로 그저 결정된 대로 따르겠다고만 말했다고 한다(분명 학기 초에는 이 정도까지 아이들을 대충 관리하지는 않았는데, 최면에 걸린 것도 아니고, 갈수록 아이들을 대충 대하는 모습이란!). 특수 요원 실습 선생님들은 놀라는 눈치였다. 뒤늦게 능력이 발현되는 경우가 많지 않을뿐더러, 자신들이 가르치던 아이들을 내가 때려눕혔으니 당황할 만도 했다. 그러나 자신들의 선배나 다름없는 달 교육관리부 요원들과 이야기를 나누면서 납득한 얼굴을 했다.

어른들의 세계란 저런 식으로 알음알음 아는 사람들만의 합의로 돌아가는 걸까?

뭐 그건 됐고, 내 개인적인 문제는 다른 곳에 있었다. 나에게 이런 재능이 있는 줄 알 리 없던 지구의 아빠는 나의 능력 발현에 대한 소식을 원격 통신을 통해 전해 듣자마자 펄쩍펄쩍 뛰었다. 아이가 다른 클래스로 옮기는 데 동의한 거냐, 능력은 언제부터 발현된 거냐, 모른다니 당신들이 선생인데 학생의 최초 능력 발현조차 알지 못하는 게 말이 되느냐 등등. 하지만 나와 직접 통화를 했을 때는 어디서부터 대화를 시작해야 할지 모르겠다는 듯, 나와 평소 대화가 없었던 티를 내며 어색하게 굴었다.

"밥은 잘 먹고 있니? 용돈은 안 부족해? 친구는 있니?"

나는 짜증을 내며 한마디로 정리했다.

"내가 알아서 할 거니까 그렇게 아세요!"

두 번째 문제는 아이들이 내 실력을 높이 사는 게 아니라, 박조태를 얕잡아 보기 시작했다는 것이다. 나한테 박조태가 너무 손쉽게 당했다는 이유에서였다. 학교에 이런 이야기가 나돌았다. 사실 박조태와 갈아마셔 패밀리의 진정한 능력은 허풍 떨기로, 자신들을 무섭게 느끼도록 포장한 것이라는! 뭐야, 사실 박조태 약골인 거 아니야? 뭐 그런 식이다. 그리하여 박조태 같은 애들이 수그러들면 좋으련만… 오히려 나한테 도전장을 내미는 녀석들이 생겨났다.

대부분 실습 시간(그렇다! 이제 나도 근사한 실습동에서 수업을 받는다)에 나를 힐끔거리며 수군거리는 녀석은 꼭 그날 나한테 시비를 걸었다. 나 같은 듣도 보도 못한 녀석 따위가 1인자 행세를 하고 다니는 것이 못마땅하다고 했다. 녀석들은 실습동 옥상이나 학교 뒤편으로 나를 불러냈다. 때문에 나는 능력 증폭제를 항시 품속에 챙겨 다녀야 했다. 한 모금 꿀꺽 삼키고 최대한 빠른 시간 안에 싸움을 끝내기 위해서.

가장 재밌는 구경은 싸움 구경이라고, 소문은 빠르게 퍼져 나갔다. 심지어 나는 밤마다 다음 날 내가 상대하게 될 녀석의 능력의 특징과 약점을 간략하게 정리한 메시지를 받았다. 발신자의 아이디는… '너의 친애하는 소꿉친구 조력자'. 누가 봐도 김연지였다. 김연지는 내가 박조태를 애들 앞에서 무릎 꿇린 이후부터, 드디어 정의를 바로 세우기로 작정했냐는 등의 말로 나를 괴롭혔다. 이제야 정신을 차렸다느니, 역시 내 친구는 다르다느니 하는 등등의 자랑 섞인 말도 내뱉었다.

김연지가 못마땅해하는 것도 있었다. 갈아마셔 패밀리 녀석들이 박조태를 버리고 내 비위를 맞추는 것으로 노선을 변경했기 때문이다. 김영식, 지민철, 최희주, 이 세 녀석은 나한테 와서 친한 척 굴거나 매점에서 사 온 과자를 수시로 내밀었다. 거기서 끝이면 좋았으련만.

"자 자, 새로운 왕이 나가십니다!"

지민철은 내가 자리에서 일어날 때마다 꼭 이렇게 말했다. 그래서 나는 어딜 가나 "왕이 나가십니다!"라는 소리와 함께 입장하는 꼴이 되었다! 나에게 시비 걸어 온 녀석들의 코를 납작하게 눌러 주는 횟수가 늘어날수록 어쩐지 지민철의 목소리는 커져 갔다. 처음에 나는 하지 말라며 제지했다. 그러나 임굴라가 나를 막아섰다.

"너한테 알아서 기겠다는데 내버려둬. 우리한테 앞으로 더 도움이 될 거라고."

반면, 김연지는 녀석들과 친하게 지내지 말라고 충고했다.

"옛날에 박조태가 그랬던 것처럼 뭐, 애들 돈 뜯고 다니고 그럴 건 아니지?"

당연히 아니라고 대답했다. 그러자 김연지는 내 책상에 다가와 이 학교의 새로운 1인자로서 앞으로의 계획이 어떻게 되냐고 대놓고 물었다. 김연지가 눈을 초롱초롱 빛내며 내 책상 앞에 앉았다. 나는 옆자리의 임굴라에게 도움의 눈길을 보냈다. 임굴라는 그저 실실 웃으며 김연지를 부추겼다.

"그러게, 우리 싸움 잘하는 미스터 1인자 씨는 어떻게 하고 싶을까?"

"설마, 예전처럼 아무것도 안 하지는 않을 거지? 나쁜 녀석들을 제압할 힘이 있다는 걸 스스로 알고도? 뭔가 생각이 있겠지?"

두 사람은 양옆에서 나를 압박해 왔다.

하지만 글쎄, 앞으로의 계획이란 건, 나조차도 궁금한 부분이었다.

나는 또 다른 대결을 앞두고 있었다. 저녁 훈련 시간, 이혜지 팀장은 김연지가 보낸 메시지를 살펴보더니, 확실

히 도움이 되는 친구라고 했다. 다음 날 상대는 목을 뱀처럼 길게 늘려 채찍처럼 휘두르는 녀석이었다.

"김연지라는 친구가 싸워야 할 애들을 다 분석해 준 덕분에 훈련 시간을 줄여도 되겠네!"

박조태를 쓰러트리고 나서도 우리의 훈련은 계속되었다. 이혜지 팀장은 내가 운이 좋았다고 했다. 일단 갈아마셔 패밀리는 내 능력에 대해 모르는 상황이었으니까. 만약 내 능력을 파악한 상대를 만난다면 싸움 결과는 얼마든지 달라질 수 있다. 그래서 실력을 더 빨리 키우기 위해 낮에는 특수 요원 클래스에서 수업을 받고, 저녁에는 체육관에서 굴러야 했다. 남들보다 두 배는 구르는 것이다.

하지만 이혜지 팀장과 석중석 요원도 인간인 법. 매일 나와 훈련을 거르지 않으니 그들도 힘들었나 보다. 우리는 몸을 움직이는 시간보다 잡담을 나누는 시간을 슬슬 늘리고 있었다. 임굴라는 옆에서 미소 지은 채 계속 나를 구경했지만. 저 녀석은 여기 나와서 잔소리하는 것 말고는 크게 하는 일도 없는데, 일주일에 한 번만 와도 되지 않을까?

"그래서, 앞으로 어떻게 되는 건가요? 저 녀석은 역할이 뭐고요?"

아, 임굴라가 하는 일이 있긴 했다. 내가 결투를 벌이는 현장에 몰래 따라와 단말기로 싸움 현장을 녹화했고, 나에게 시비 턴 상대의 신상을 선생님들한테 넘겼다. 그러면 녀석들은 귀가 붙잡혀 지하 재교육실에서 남은 하루를 보내야만 했다.

하지만 설마 이게 끝은 아니겠지? 새로운 1인자를 만들어 놓고, 앞으로 싹수가 보이는 깡패들과 계속 싸움질 시키는 게 작전의 완성은 아니겠지?

"지금은 사실 전과 달라진 게 없잖아요! 그러니까 계획이 있을 거 아니에요."

내가 다그쳤다. 사실 달라진 게 아예 없지는 않았다. 이제 누구도 박조태의 눈치를 보지 않았다. 박조태가 김충호를 괴롭히지도 않았다. 뭐가 억울한 건지 눈을 사납게 치켜뜨고는 했으나, 내가 쳐다보면 그만두었다. 김충호는 여전히 움츠러든 자세였지만 종종 매점에 같이 가자고 먼저 물어 오기도 했다.

일부 아이들은 내 행동에 예민하게 반응했다. 나는 그저 헛기침을 내뱉었을 뿐인데 어디 불편하냐고 과하게 신경 쓰는 애들도 있었다. 특히 갈아마서 패밀리였던 애들이 나한테 굽신거리며 다가오면, 다른 애들은 더욱 나를 대하기 힘들어하는 것 같았다. 그러나 이건 변화라고 보기 힘들었다. 그냥 박조태 자리에 내가 올라탄 것뿐이다.

머뭇거리는 두 요원의 표정을 보아하니 내가 싸움을 계속하는 게 계획의 끝이라는 불안감이 들었다. 임굴라는 그저 나를 감시하기 위해 붙여 놓은 거고.

"제가 설명할게요."

갑자기 임굴라가 나섰다. 이혜지 팀장은 "음, 그래 주면 고맙겠다"라며 한 발 뒤로 물러났다. 임굴라는 품속에서 뭔가를 꺼내 나에게 건넸다. 사각형 종이에 노란색 웃는 얼굴 스티커가 붙어 있었다. 이것이 앞으로의 계획이라고 했다. 나는 의아한 표정으로 고개를 들었다.

"일명 착한 어린이 스티커 작전!"

나는 임굴라의 자신감 넘치는 외침에 귀를 의심했다.

착한 어린이 스티커 작전.

작전은 아주 간단했다. 1단계, 문스쿨에 재학 중인 학생이 선행을 할 때마다 착한 어린이 스티커를 지급한다. 2단계, 스티커를 다섯 개 이상 모으면 매점 음식을 공짜로 먹을 수 있는 기회를 준다.

이게 전부다.

나는 상급반 애들을 상대로 이 작전이 먹힐 거라 생각한 임굴라와 요원들의 상태가 의심스러웠다. 이제 막 학교에 입학한 여덟 살짜리 하급생한테나 먹힐 착한 어린이 스티커 따위로 어떻게 질서를 바로잡을 수 있단 말인가?

하지만 다음 날 나는 착한 어린이 스티커 제도가 신설되었다는 기이한 소식을 떠벌리러 모든 학급을 돌아다녀야 했다. 왜 선생님도 아니고 반장도 아닌 내가 그러냐고? 일단 임굴라는 나의 무시무시한 이미지를 한껏 이용하고 싶어 했다. 전에도 말했듯 임굴라는 내가 다른 녀석들과 대결하는 모습을 하나씩 영상으로 남겨 뒀다. 그런데 선생님들한테 일러바치기 위해서만 마련해 둔 증거물이 아니었다. 내가 상대방을 때려눕히는 영상은 어느새 아이들 사이에 좍악 퍼져 있었다. 게다가 나와 싸운 아이들은 어찌 된 일인지 패배를 깨끗이 인정하고 나를 새로운 1인자로 모시기 시작했다. 알고 보니, 임굴라가 각 반을 돌아다니면서 스스로를 박수혁이 보낸 전령이라고 소개하며 대결을 신청하러 찾아오지 않으면 1인자를 가리기 위해 내가 직접 찾아갈 거라고 위협했다고 한다.

나는 무시무시한 인물이 되어 가고 있었다.

이 작전의 특이한 부분이라면, 스티커를 배부하는 주체가 의외로 교사가 아니라 학생이라는 점이다. 바로 교육관리부가 직접 임명한, '스티커 부대'라 불리는 학생이 주체였다. 당연하게도 우리 구역 문스쿨의 스티커 부대 대장은 바로 나, 박수혁이었다. 그리고 부대장은 임굴라였다. 각 반에는 스티커 부대원으로 발탁된 아이들이 있었다. 나는 당연히 김연지도 포함되어 있을 거라고 지레짐작했다.

나는 전자 칠판 앞에 서서 더듬거렸다. 그럴 수밖에 없었다. 그날 나는 목을 채찍처럼 길게 늘리는 녀석과 옥상에서 한판 육탄전을 벌이고 온 터라 재킷이 온통 먼지투성이였다. 거칠게 싸운 흔적을 버젓이 내보인 채 유치한 이야기나 하고 앉은 것이다. 나는 스스로 스티커 부대 대장으로 임명됐다고 소개하는 부분에서 너무 부끄러워 온몸이 맷돌에 뒤틀리는 기분이었다.

"그러니까, 누구든 자기 능력을 선한 곳에 써 먹으라고! 알겠지? 특히 특수 요원 클래스 애들은 잘 새겨 둬."

나는 얼굴에 철판을 깔겠다는 결의로 뻔뻔하게 외쳤다. 내가 설명할 때마다 각 교실에서는 정적이 흘렀다. 솔직히 말도 안 된다는 비아냥이나 네가 뭔데 애들 인성을 평가질하냐고 누군가 들이받을 줄 알았는데 의외의 반응이었다. 슬며시 손을 들어 질문하는 아이도 있었다.

"특수 요원 클래스 애들만 스티커를 받을 수 있는 거야?"

당연히 아니었다. 물론 특수 요원 클래스 녀석들을 통제하기 위해서 만든 제도였지만 말이다.

솔직히 나는 스티커 따위로 아이들이 말을 들어 먹을 거라고 생각하진 않았다.

스티커 부대는 실습 성적이 좋은 아이들 위주로 구성되어 있었다. 그중에는 나한테 덤볐다가 얻어맞은 녀석들도 꽤 있었다. 심지어 갈아마서 패밀리의 지민철과 최희주도 있었다! 말인즉슨, 자신이 가진 능력을 자유자재로 사용할 줄 아는 학생이 스티커 부대원으로 선정된 것이다. 임굴라는 아마 앞으로 진학에 도움이 된다느니, 어떻게든 플러스 점수가 될 거라느니 하는 말로 아이들을 꼬셨을 테지.

하지만 스티커 부대원의 명단에는 김연지가 없었다.

나는 김연지가 어떤 물체든지 입속에서(심지어 불조차도!) 물로 바꿔 버리는 능력에 여러 차례 감탄한 바가 있다. 그래서 저녁을 먹고 난 뒤 내가 처음 능력이 발현되었다고 고백한 놀이터로 김연지를 불러냈다. 스티커 작전을 설명하고, 스티커 부대에 들어오라는 제안을 했다. 하지만 내 제안에 의외의 답변이 돌아왔다.

"…네가 생각해도 말이 안 되는 계획인 거 알지?"

"응?"

"넌 앞으로 어떻게 하고 싶은데?"

김연지는 팔짱을 끼고 물었다. 나는 잠시 동안 어, 음, 하는 소리만 흘리다가 대답했다.

"학교에서 시키는 대로 해야지 어쩌겠어?"

"그게 아니라 나는 네가 어떻게 하고 싶은지 알고 싶다고! 남이 시키는 거 말고 네가 어떻게 하고 싶은지!"

김연지는 그 말을 끝으로 자리를 박차고 씩씩대며 놀이터 밖으로 나가 버렸다.

…그걸 이 상황에서 내가 어떻게 알겠니, 연지야, 라고 대꾸하고 싶었다.

놀랍게도, 스티커 작전은 괜찮게 먹혀 들어갔다. 매점 이용권이 생각보다 더 매력적인 보상이었던 걸까? 아니다. 처음부터 아이들이 굽신거리며 스티커를 달라고 한 건 아니다. 국면이 바뀌기 시작한 건, 매점에 신상품 왕땡버거가 들어온 후부터였다.

지구의 십 대 아이들 사이에서 유행이라는 왕땡버거! 맛으로 따지자면 평범하게 가공된 햄버거와 그다지 다를 바가 없었다. 그러나 광고에 따르면 특별한 장점으로 덕지덕지 포장된 햄버거였다. 바로 십 대 청소년들의 스트레스를 해소해 준다는 것!

십 대 청소년 수천 명을 대상으로 임상 시험을 한 결

과, 이 햄버거는 청소년 시기에만 분비되는 특유의 스트레스 호르몬을 조절해 행복하게 만들어 준다고 했다. 홍보 영상에서는 이런 캐치프레이즈를 내세웠다.

"청소년 여러분! 화가 나면? 왕땡버거! 공부가 안 될 때도? 왕땡버거! 가족이 잔소리할 때도? 왕땡버거입니다! 혹시 우리 아이가 위험한 화학 물질을 먹는다고 생각하십니까? 걱정 마세요! 왕땡버거는 지구 연방 식약처의 철저한 검증을 받았으니까요!"

하지만 여태까지 달의 편의점에서는 구입할 수 없었다. 그런데 기가 막히게도 착한 어린이 스티커 제도를 도입하는 타이밍에 맞춰 문스쿨 매점에 왕땡버거가 들어왔다. 왕땡버거가 매점에 들어온 날 왕땡버거의 무시무시한 효능이 삽시간에 전교생에게 퍼져 나갔고, 모두가 왕땡버거를 사기 위해 몰려들어 매점은 인산인해를 이루었다. 특수 요원 클래스, 공무원 클래스, 정규 교육 클래스로 나뉜 세 부류의 아이들이 하나의 의지로 뭉친 보기 드문 장면이었다.

하지만 '왕땡버거는 정말 끝내준다', 이 보편적인 공감대에도 불구하고 세 클래스의 아이들은 화합하지 못했다.

며칠 안 되어 매점에서 불상사가 발생했다. 줄을 서는 데 불만을 가진 성격 급한 한 녀석이 코에서 불을 뿜어 대며, 앞에 있는 녀석들 다 안 비키면 머리카락을 태워 대머리로 만들어 버리겠다는 폭력적인 언사를 내뱉었다. 하지만 그 줄에는 한때 갈아마셔 패밀리의 감성남으로 불렸던 김영식이 끼어 있었고… 그렇게 매점에서 싸움이 벌어졌다.

내가 출동해서 녀석들을 제압할 때까지, 매점 앞은 전기와 불꽃으로 난장판이었다.

"…착한 어린이 스티커를 다섯 개 이상 받은 사람만 매점에서 왕땡버거를 먹을 수 있게 하면 어떨까?"

임굴라는 착한 어린이 스티커 제도에 새로운 조건을 내걸었다.

나는 조건이 까다로워지면 아이들이 차라리 왕땡버거를 포기할 줄 알았다. 그러나 오산이었다. 이미 왕땡버거에 중독된 녀석들이 수두룩했다. 매점 앞에 붙은 공지를 보고 말이 되는 처사냐고 불만을 토로하기는 했으나 그게 전부였다. 아이들은 약속이라도 한 듯 다들 선행 모드를 온몸에 장착하고 다녔다. 아무도 줍지 않던 화단의 쓰레기들이 말끔히 사라졌고, 복도는 청소 로봇이 청소하기도 전에 아이들이 걸레질을 해서 언제나 윤기가 흘렀으며, 복도를 질서 있게 줄을 서서 지나다니기까지 했다.

이뿐만이 아니었다. 수도를 터트려서 아이들한테 물을 먹이던 녀석은 이제 물을 조종해 막힌 배관을 뚫어 주었다. 공을 들고 울타리 밖으로 날아가던 녀석은 이제 공이 밖으로 튀어 나가지 않도록 막으려 날아다녔다. 아이들의 음식을 곤충처럼 보이도록 환각을 뿌리던 녀석은 이제 급식이 더 맛있게 보이도록 보정하는 환상을 만들어 냈다. 다들 왕땡버거를 먹기 위해 남을 도와주는 데 자기 능력을 쓰고 있었다.

"엄청난 성공인데?"

우리의 보고를 들은 이혜지 팀장이 말했다. 석중석 요원과 이혜지 팀장 두 사람도 매점을 턴 건지 왕땡버거를 입속에 넣고 우물거렸다. 이제 요원들과 함께하는 시간은 훈련은 대폭 줄어들고 수다 떨기로 채워졌다. 달 교육관리부 요원 셋(임굴라까지 포함이다)은 이 시간을 회의라는 거창한 이름으로 불렀다.

이렇게 바뀐 데에는 몇 가지 이유가 있다. 일단 나의 승리가 수북이 쌓였기 때문이다. 아니, 이제는 손쉽게 다른 아이들을 제압하는 수준에 이르렀기 때문이다. 능력 증폭제의 도움이 아니라면 고전했겠지만, 나는 능력 증폭제를 항시 지니고 다녔다.

또한 착한 어린이 스티커 작전이 개시된 후부터는 지금까지와는 다르게 대응해야 했다. 물리적인 힘을 과시해야 할 뿐만 아니라 규칙을 세워야 했다. 이를테면, 어느 정도의 선행을 해야 스티커를 지급할지 그 기준을 정하는 문제가 있었다. 날이 갈수록 쓰레기 한두 개 줍는 정도는 우스운 수준의 선행이 되어 갔다. 목을 채찍처럼 늘려 아이들을 후려 패던 녀석은, 자신의 늘어나는 목을 이용해 줄넘기 놀이를 하게 하는 기이한 선행을 베풀었다는 소식도 들려왔다. 우리는 누가 더 이상한 짓을 해 놓고 선행이라고 주장하기 전에 '선행 매뉴얼'을 만들어 학급 메신저로 공지했다. 하지만 매뉴얼로도 모든 문제를 막을 순 없었다.

"꼼수 부리는 놈들이 생겼어요."

임굴라가 보고했다.

선행을 하지 않았으면서 선행을 했다고 사기를 치는 사례가 부쩍 는 것이다. 그중 하나가 바로 거짓 증언이었다. 이를테면 학생 1이 학생 2가 자신한테 너무 좋은 일을 해 줬다고 스티커 부대원에게 입에 침이 마르도록 칭찬했다고 치자. 그런데 사실은 거짓말이라면? 학생 2가 학생 1을 협박한 것이라면?

"영상을 찍게 해. 증거 자료가 있어야지!"

이혜지 팀장의 입에서 햄버거 찌꺼기가 뭉개진 채 튀어나왔다. 석중석 요원은 옆에서 왕땡버거가 묘하게 중독되는 맛이라며 감탄했다.

"…하지만 연기할 수도 있잖아요. 그래서 한 가지 방책을 두려고요."`

임굴라는 스티커 단속반을 따로 만들어야 한다고 주장했다. 단속반의 역할은 선행 증언이 이후 거짓임이 들통나거나, 선행 학생이 불량한 행색을 보이면, 바로 스티커 부대원에게 신고한다. 그러면 우리가 가서 무력으로 착한 어린이 스티커를 압수한다. 단속반은 세 클래스에서 동일한 수로 선발하고, 누가 단속반인지는 나와 임굴라만이 알 수 있도록 한다. 단속반에 대한 정보가 새어 나가면 보복이 일어날 수도 있으니까! 자신의 정체를 떠벌리는 녀석은 바로 단속반 제명이었다.

"걔네들은 맨입으로 이 일을 해?"

내가 물었다.

"단속반 일을 제대로 하면 착한 어린이 스티커를 하나씩 주는 거지."

임굴라가 다 생각이 있다는 듯 나에게 윙크했다.

"탁월한 생각이야! 당장 진행하자고!"

이혜지 팀장이 임굴라에게 엄지손가락을 치켜들었다.

❶ 선행 방해 사례

[사건 개요] 학급 '라'에 속한 전석훈 학생이 남들보다 훨씬 더 많은 스티커를 얻기 위해 남들이 선행을 하지 못하도록 방해한 사건. 전석훈은 팔꿈치에서 접착력 강한 기분 나쁜 실을 뽑아내는 능력을 지닌 공무원 클래스 학생이다. 전석훈은 스스로 연구한 끝에 물총을 개조해서 자신의 실을 발사할 수 있는 장치, 일명 끈끈이 총을 개발했다. 전석훈은 이 총을 들고 다니면서 주변 사람들이 남을 돕지 못하도록 끈끈이를 쏴서 자리에 묶어 뒀다고 한다.

[해결] 단속반의 제보를 받은 스티커 부대원들이 출동했으나, 매복해 있던 전석훈의 끈끈이 총에 쏘여 역으로 당했다. 하지만 역시나 같은 장소에 매복해 있던 대장 박수혁이 빠른 달리기 능력을 복제해 튀어나왔다. 전석훈이 끈끈이 총을 발포했지만, 박수혁은 빠른 달리기로 요리조리 피한 뒤, 전석훈의 턱에 주먹을 올려붙였다. 전석훈은 무장 해제를 당하고 체포되었다. 전석훈은 착한 어린이 스티커를 사용할 수 있는 권리 전부를 박탈당했다.

❷ 암시장 형성 사례

[사건 개요] 학급 '다'에 속한 최연재 학생이 착한 어린이 스티커를 돈을 받고 비밀스럽게 판매한 사건. 최연재는 스티커 부대원으로 발탁되었는데, 자신이 스티커를 발부할 수 있다는 점을 한껏 이용해 스티커를 판매했다. 장사가 잘되자 최연재는 같은 특수 요원 클래스에 속한 학생인 유민아를 회유해 돈벌이에 합류시켰다.

[해결] 단속반의 제보를 통해 박수혁 대장이 직접 현장을 급습했다. 최연재는 투명화 능력을 써서 도망치려 했으나, 박수혁은 특수한 액체로 재채기를 터트리는 능력을 활용해 대응했다. 사방에 가벼운 침을 뿌려 투명 상태의 최연재를 잡아내는 데 성공했고 그 결과 최연재는 마비 용액에 중독된 상태로 체포되었다. 이 소식을 접한 유민아는 자수하여 스티커 부대에서 제명되었다. 다만 자수를 한 점이 참작되어 두 달 동안 왕땡버거에 접근할 수 있는 모든 경로를 허가하지 않는 수준에서 처벌이 마무리되었다.

❸ 스티커 위조 사례

[사건 개요] 특수 요원, 공무원, 정규 교육 클래스의 학생 세 명이 합심하여 저지른 전무후무한 사건. 세 명은 '라' 학급 소속으로, 작전을 세운 김지환과 완벽하게 그림을 따라 그릴 수 있는 신장우, 그리고 망을 보며 보디가드 역할을 맡은 주선아, 이렇게다. 이들은 스터디를 한다는 핑계로 방과 후 교실을 빌렸고, 해당 교실에서 스티커를 위조했다. 쇼핑 네트워크를 통해 주문한 인쇄 장치로 스티커를 제작했다고 한다.

[해결] 셋이 돌아가며 매일 매점에서 왕땡버거를 쌓아 두고 허겁지겁 삼키는 모습을 의아하게 지켜보던 단속반에 의해 제보가 들어왔다. 셋의 위조 현장이 바로 적발될 수 있었으나, 주선아가 두 손을 커다랗고 단단한 벽처럼 변형시킬 수 있는 능력으로 출입구를 단단히 가로막고 있어서 진입이 불가능한 상태였다. 스티커 부대는 폭탄 같은 주먹을 날리고 악어처럼 날카롭게 변한 이빨로 벽을 물어뜯어 보았으나 소용없었다. 주선아 본체를 공격하려 했으나, 주선아는 팔을 마구 휘저으며 자신의 몸을 지켰다. 마침내 나타난 대장 박수혁은 해법이 있다며 다들 뒤

로 물러서게 했고 세상을 뒤흔드는 커다란 트림을 뿜어
냈다. 복도는 곧 참을 수 없는 악취로 가득 찼고 주선아는
의식을 잃었다. 박수혁은 유독성 트림 능력을 복제한 것
이다. 김지환과 신장우는 문이 뚫리기 수 분 전에 줄행랑
을 쳤지만, 이후 다른 대원들에게 붙잡혀 모두 소탕되었
다.

…이외에도 자잘한 사건을 이야기하자면 입만 아프다.
단속반을 통해 비밀스러운 제보가 들어오면, 내가 출동해
소란 피운 녀석들을 때려잡는 일이 반복됐다. 우리가 정
한 선행 규칙을 벗어나 꼼수를 부리는 녀석들이 넘쳐 났
으나, 서서히 그런 녀석들의 수도 줄어들고 있었다. 물론
나와 스티커 부대의 고생만으로 얻은 결과는 아니다. 이
런 시스템을 구축하는 데는 임굴라의 도움이 가장 컸다.
임굴라는 거기서 멈추지 않고 소동을 일으키는 녀석들의
신상, 까다로운 능력을 상대로 이길 수 있는 방법까지, 김
연지가 보내던 정보보다 더욱 업그레이드된 자료를 가지
고 왔다.

"너네 집에서 승리 기념 파티를 여는 건 어때?"

스티커 위조범들을 때려잡은 날이었다.

스티커 부대는 큰일을 해결할 때마다 파티를 열었다. 왕땡버거와 음료수를 가져와서 동지애를 나누는 그런 건전한 파티 말이다. 이런 파티가 열릴 때마다 내 어깨는 으쓱이다 못해 허공으로 치솟고는 했다. "역시, 우리의 왕! 모든 걸 다 해치워 버리네!"라며 지민철이 부대원들과 함께 나를 추켜세워 줬기 때문이다.

나는 항상 겸손한 척, 임굴라가 뒤에서 작전을 잘 짜준 덕분이라고 말하며 파티에 임굴라를 부르려고 했다. 하지만 임굴라는 파티를 즐기지 않는다는 이유로 매번 발을 뺐다. 나는 한 번쯤은 임굴라가 우리와 함께 놀았으면 했다. 애초에 이 부대를 설립한 사람이 임굴라이기도 하니까. 그러기 위해서는 임굴라의 집이 파티 장소가 되어야 했다. 설마, 자신의 집에서 도망칠 수는 없겠지.

하지만 곰곰이 생각해 보니 나는 임굴라의 거처에 한 번도 가 본 적이 없었다. 어디에 사는지도 몰랐다! 가족 몰래 달에서 일하고 있으니, 달 교육관리부에서는 임굴라에게 기숙사에 묵으라고 할 법도 한데 그것도 아닌 듯했다. 친해졌다 싶어 어디 사냐고 물었을 때도 사생활을 지키고 싶다며 거주지를 실토하지 않았다.

"음, 알려 주지 않는데 굳이 알려고 할 필요가 있나?"

내 작은 하소연을 들은 이혜지 팀장도 이렇게 대답했

다. 괜히 눈동자를 천장에 올려붙이고 나와 시선을 마주치지 않는 걸 보면 뭔가 숨기는 게 있는지도 몰랐다. 나는 석중석 요원한테도 매달려 봤지만 소용없었다. 이쯤 되니 내 도전 정신은 걷잡을 수 없이 불타올랐다. 아무도 알려 주지 않는다면 직접 알아내는 수밖에. 나는 임굴라의 뒤를 미행하기로 작정했다.

임굴라는 학교가 끝나자마자 자율주행 버스에 올랐다. 나는 같은 버스를 탔다가 들키기 싫어 택시를 잡았다. 자율주행 택시의 인공지능에게 버스가 정류장에 멈출 때마다 함께 정지해 달라고 했다. 임굴라는 학교와는 거리가 있는 중심지 외곽에 내렸다. 거리 때문에 택시비가 장난 아니게 나왔다. 주변에는 편의점 한두 개뿐이었다. 드문드문 지어진 주택들 뒤로 넓게 펼쳐진 인공 산이 보였다. 두리번거리던 녀석은 주택가 골목으로 들어가더니 곧 뒷산으로 향하는 길목에 올랐다.

'뭐야, 산속에 살고 있는 건가?' 갸웃거리는데, 내가 숨어 있던 골목으로 커다란 통 형태의 쓰레기 수거 로봇이 들이닥쳤다. 덕분에 시야가 가로막혔고, 수거 로봇과 실랑이를 벌이다 빠져나왔을 때는 임굴라가 보이지 않았다. 실망한 채 뒤돌아서서 정류장 쪽으로 걸어 나오는데, 앞에서 임굴라가 나를 빤히 쳐다보고 있었다.

“너 뭐 하냐?”

나는 이럴 때를 대비해 편의점에서 사 온 쿠키와 증정용 인형을 들이밀었다.

“아, 이거 쿠키 사면 주는 건데, 이 동네에만 남아 있더라고. …여기 살아?”

임굴라는 싱겁다는 듯 픽 웃더니, 잘 가라면서 나를 등 떠밀었다.

“나 뒤따라올 생각 그만하고 빨리 기숙사나 들어가.”

“넌 네가 지금 잘하고 있다고 생각해? 진심으로?”

김연지가 갑자기 나를 찾아와 이렇게 말했다. 나는 내 자리에서 이름 모를 아이한테 어깨 안마를 받는 중이었다. 주위에는 스티커 부대원들이 나를 둘러싸고 있었다. 김연지는 주변 아이들의 눈치는 살피지도 않고 나를 뚫어지게 응시했다.

“오해가 있나 본데, 이거 내가 시킨 거 아니야. 애가 한다고 했어.”

내가 뒤를 가리키며 말했다. 얼마 전까지만 해도 나한테 대들던 녀석이었다. 슈퍼 딱밤이라는 별명을 가지고 있었는데, 딱밤 먹이는 자세를 취해서 손에 들어오는 모든 물건을 총알처럼 튕겨 내는 능력이 있었다. 그만큼 손가락 힘이 넘쳐났다. 이제는 그 힘으로 애들을 안 괴롭히고 동급생의 어깨를 주물러 주는 데 사용하니, 이 얼마나 좋은 일인가?

"뭔 소리야, 너니까 이렇게 해 주는 거지."

내 말에 김연지가 대꾸했다. 나는 다른 증언이 필요하다는 표정으로 주위 애들을 돌아보았다. 아이들은 딴청을 부리고 있었다.

"야, 너! 앞으로 다른 애들도 돌아가며 어깨 주물러라. 정규 교육 클래스 애들한테도. 알았어?"

내가 말했다. 어깨를 주무르던 녀석은 입을 꾹 다물고 고개를 끄덕였다. 스티커 부대원들은 다 함께 만족스러운 웃음을 지으며 해결됐다는 의미의 박수를 쳤다. 내가 자랑스레 김연지를 돌아보자, 김연지는 골치 아프다는 듯 이마에 손을 얹었다.

"이게 지금 말이 되는 해법이라고 생각해? 아니…."

김연지는 한숨을 푹 토해 내더니 내게 개인 단말기를 들이밀었다. 입체 영상 하나가 단말기 위로 떠올랐다.

문스쿨 아이들이 복도에 늘어서 시시껄렁한 이야기를 나누고 서로에게 욕을 해 대며 뛰어다니는 영상이었다.

복도 저 끝에서 누군가 걸어오자 떠들어 대던 아이들이
전부 입을 다물더니 곧 일사불란하게 주변에 흩어진 쓰
레기를 줍고, 서로에게 칭찬하는 말을 내뱉고, 질서 있게
복도를 걸어 다니기 시작했다. 잠시 뒤 화면에 복도에 나
타난 그 누군가가 선명하게 보였다. 바로 나, 박수혁과 스
티커 부대원들이었다.

"넌 이게 정상 같냐?"

'와, 당연히 아니지. 우리가 보는 데에서만 애들이 착
한 척한다는 거잖아?' 나는 단속반 녀석들한테 더욱 엄격
한 기준으로 보고를 올리라고 윽박지를 작정이었다.

"…애들이 숨 막혀 하잖아. 이 정도는 허가해 줘야지."

나는 속마음과는 다르게 이렇게 말했다. 임굴라가 말
하길, 때때로 너그러운 이미지도 보여 줘야 한다나.

"아니, 아니! 그게 문제가 아니라고!"

김연지는 내게 소릴 질렀다. 금방이라도 내 단말기를
통째로 씹어 먹고 물로 만들어 버릴 것 같은 위협마저 느
껴졌다. 지민철이 우리의 왕한테 뭐 하는 짓이냐며 김연지
의 어깨를 슬쩍 밀었다. 나는 괜찮으니 그만하라고 했다.
김연지는 나와 부대원들을 번갈아 보았다.

"잘들 논다."

그리고 그대로 뒤돌아 교실을 나가 버렸다.

“너는 김연지가 이해가 가냐?”

나는 김충호의 집 거실 스크린에서 튀어나온 홀로그램 영상을 감상하며 물었다. 김충호는 옆에서 필두를 쓰다듬고 있었다. 김충호는 갈아마서 패밀리의 괴롭힘에서 벗어나자마자 필두를 자신의 집으로 들였다. 엄마는 별로 좋아하지 않으셨다지만…. 원래는 나와 앞으로 누가 키울지 합의를 하고 싶었다는데, 내가 요새 통 필두를 찾아가지 않자, 그냥 자신의 집으로 데려왔다. 뭐, 계속 폐건물에 로봇 펫이 방치되어 있으면 위험하겠지. 나도 바쁘다는 이유로 무책임하게 필두를 내버려뒀고….

필두는 이제 필두라고 불러도 내게 달려오지 않았다. 김충호가 하도 또리라고 불러서 인식 프로그램에 그 이름이 진짜 이름으로 입력된 듯했다.

그래도 가뭄에 콩 나듯 아주 잠깐 김충호의 집에 이렇게 들러 필두를, 아니 또리를 볼 수 있었다. 오늘은 김충호의 엄마가 달 반대편 도시로 출장을 가는 날이었으므로, 나는 웬만하면 김충호의 집에서 밤을 지새우며 또리를 마음껏 쓰다듬고 싶었다.

“…그래, 애들이 가짜로 행동하는 거일 수도 있지. 하지만 감시를 철저히 하다 보면 애들이 눈치 보여서라도 착한 일을 하려고 하지 않겠어? 그게 습관 들다 보면 자동으로 몸에 배는 거고. 그렇지 않냐? 김연지 걔는 너무 급하다니까.”

나는 거실 소파에 등을 기댄 채 말을 횡설수설 늘어놓았다. 김충호는 벌러덩 자빠진 또리의 배를 쓰다듬어 주다가 내게로 천천히 고개를 돌렸다.

“안 그래?”

내가 다그치듯 물었다.

“…어… 솔직히 말해도 돼?”

김충호의 눈동자가 흔들렸다.

“당연하지. 김연지 욕해도 내가 김연지한테는 안 이를 거니까 걱정 마.”

김충호는 머뭇거리다가 입을 뗐다.

“…문제는 김연지가 아니라 학교에 있는 것 같은데.”

나는 소파에서 급히 몸을 일으켜 세웠다.

“혹시 질서를 위협하는 또 다른 세력이 나타난 거야? 왕땡버거 먹겠다고 새로운 꼼수를 부리는 녀석들? 아니면 내가 이런저런 일에 몰두하는 동안 김충호 너 또 다른 괴롭힘을 당하고 있는 거야? 내 이 자식들을 아주 그냥!”

기관총처럼 다다다 튀어나온 나의 분노의 지껄임에 김충호가 소리쳤다.

“그게 아니라! …학교가 전보다 좋아진 건지 솔직히

모르겠어."

나는 다시 소파에 등을 기댔다. 내가 계속 해 보라는 표정으로 쳐다보자, 김충호는 멈칫거리면서도 할 말을 다 털어놓았다.

"겉으로 보면 많이 달라지긴 했지. 근데… 눈치 보는 건 전과 똑같잖아. 예전엔 갈아마서 패밀리였고 이제는 너희들 눈치를 봐야 하니까!"

그래서 뭐, 무슨 말을 하고 싶은 거지? 나는 눈살을 찌푸렸다. 김충호는 내가 하는 짓이 전에 박조태가 하던 짓과 똑같다고 지껄이고 싶은 걸까? 내 입에서 온갖 말들이 튀어나오려 했다. 지금 같은 학교를 만들기 위해 내가 밤마다 얼마나 굴렀는지, 특수 요원 클래스 애들을 상대하면서 얼마나 긴장했는지, 얼마나 용기가 필요한 일인지, 다른 녀석들은 다 모른 척하고 있는 일에 나서는 게 얼마나 어려운 건지, 이렇게 힘겹게 노력했으면 다른 애들이 내 말에 복종하는 것 정도야 보상으로 받아들일 수 있는 거 아닌지…. 각종 말들이 입속을 가득 채워서 금방이라도 다문 입이 터져 나갈 것만 같았다.

하지만 나는 이렇게만 말했다.

"넌 진짜 그러면 안 되지. 너를 구해 준 게 누군데."

이렇게 말하고 순간 스스로 실수했다는 생각이 들었

다. 하지만 나는 사과하지 않았다. 김충호를 똑바로 노려
보았다.

"내가 그렇게 해 달라고 했어?"

김충호가 말했다.

우리 사이에 숨 막히는 침묵이 감돌았다.

그날, 김충호의 집을 빠져나온 나는 내일은 무조건 요
원들을 만나 언제 이 짓을 그만둘 수 있는지 물어보기로
작정했다. 학교의 질서를 바로 세우느라 얼마나 고생하는
데, 이런 취급을 받으면서까지 이 짓을 계속해야 하는 걸
까? 김충호조차도 내 진심을 몰라주는데 말이다. 그리고
김충호 말대로 만약 내가 정말 잘못하고 있는 거라면…?

설마 졸업할 때까지 못 빠져나가는 건 아니겠지. 어차
피 내가 졸업하면 달 교육관리부도 나를 대체할 후임자
를 찾아야 하지 않겠는가. 내가 졸업하기 한참 전에 자리
를 넘겨줘도 상관없고…. 생각이 여기까지 이르자 갖가지
걱정거리가 밀려왔다. 자리를 넘겨주면 설마 능력 증폭제
도 더 이상 섭취하지 못하는 건가? 그렇다면 내가 무적
이 아니라는 게 들통날 가능성도 있다. 물론 나의 실력만
으로 갈아마셔 패밀리를 때려눕혔으니 아성이 쉽게 무너
지지는 않겠지만… 지금과 같이 왕 자리를 독차지하지는

못할 수도! 순식간에 내 명성과 앞으로 당할 취급에 대한 고민이 무거워졌다. 이런저런 사정을 고려하면 가볍게 그만둘 자리가 아니었다!

한적한 공원 길로 접어들었을 즈음이었다. 평소보다 늦은 밤이었고, 하늘에 떠다니는 별들 덕분에 공원은 아름답게 보였다. 수경 관리 로봇이 공원 잔디밭을 돌아다니며 피라미드처럼 생긴 자신의 몸통에서 기계 팔을 꺼내 잡초를 뽑고 있었다. 내가 공원 한가운데로 걸어가려 하는데, 갑자기 근처에 놓인 벤치 아래에서 누군가의 두툼한 팔이 쭉 뻗어 나왔다. 나는 놀라서 펄쩍 뛰어 뒤로 물러났다. 이 무슨 한밤중의 괴담 같은 일이란 말인가!

하지만 그가 누군지 확인한 나는 금세 안도했다.

"석중석 요원님! 거기서 뭐 하는 거예요? 놀랐잖아요!"

벤치 아래서 우람한 몸이 기어 나왔다. 저 덩치가 벤치 아래에 들어갈 수 있다는 게 신기했다.

이상하게도 석중석 요원의 티셔츠가 반쯤 찢어져 있었다. 나는 실눈을 뜨고 자세히 살펴봤다. 팔과 얼굴이 긁힌 듯 가벼운 찰과상이 저녁 가로등 빛에 희미하게 비쳤다.

"체육관에 가지 마…. 이혜지 팀장이 당했다."

석중석 요원이 말했다.

"…네?"

무슨 영문인지 알 수가 없었다.

"임굴라, 그 녀석이 우리를 속였어."

석중석 요원이 얕은 숨을 뱉어 냈다.

"그 외계인 녀석한테 우리가 당한 거야."

…석중석 요원한테 오밤중에 술이라도 마신 거냐고 묻고 싶었다. 한 시간 뒤, 나는 이 사태가 장난이 아님을 알게 되었다.

4장
박수혁 vs. 임굴라

내가 아빠를 싫어하는 이유는 한 가지 더 있다. 엄마가 위독해지기 전까지 아빠는 항상 이 문제 저 문제로 언성을 높이고는 했다. 뭐, 다른 집도 비슷한 문제로 부부 간에 의견 충돌이 있을 터이니 별것 아니게 느껴질지도 모르겠다. 한데 아빠의 입에서는 걸핏하면 별거하자는 말이 나왔으니, 우리 집의 부부 갈등이 심한 편이었을 거다.

초등학교 시절, 나는 아빠 엄마에게 또래 아이들한테 괴롭힘 당하고 있다고 차마 이야기하지 못했다. 가뜩이나 무거운 집안 분위기가 더 침체될 테니까. 두 사람이 서로에게 고함 지를 때면 나는 슬며시 방으로 들어가, 문고리에 달린 장치의 소음 차단 모드를 켜 놓고 로봇 펫들과 어울렸다. 15분 정도 시간이 흘러 문을 슬며시 열면 아직도 아빠가 고함치는 소리가 들렸다.

"쟤는 맨날 방에 처박혀서 우리 말도 안 들리게 해 놓고, 애가 왜 저리 어두워? 당신 닮아서 그런 거 아니야?"

나는 시무룩해져서 방에 다시 처박혀 로봇 펫들과 놀다가 홀로스크린으로 게임이나 하는 수밖에 없었다.

어느 순간부터 아빠는 늦게 들어오는 날이 잦아졌다. 아무래도 엄마와의 갈등을 회피하고 싶었나 보다. 그랬던 사람이 엄마의 병세가 위독해지자 집에서 안달복달하기나 하고…. 아빠는 맨날 메디컬 드론을 붙잡고 왜 제대로 간병하지 못하냐고 소리치고는 자신이 직접 엄마를 간병하겠다며 출근도 않고 집에 있고는 했다. 하지만 솔직히 엄마는 아빠 때문에 더 아프지 않았을까? 아빠가 없었다면, 적어도 스트레스를 주는 사람 한 명은 줄었을 테니.

언젠가 엄마는 나한테 이렇게 물은 적이 있다.

"내가 왜 로봇 펫들의 마인드 설계하는 일을 선택한 줄 아니?"

엄마는 작업실에서 로봇 햄스터의 머리에 케이블을 연결해 개인 단말기로 복잡한 프로그램을 정비하는 중이었다. 듣기로는 차세대 로봇 햄스터 모델이라고 했다. 나는 옆에서 기계 장치들을 구경하며 신기해하고 있었다.

"음… 엄마가 원하는 대로 행동하는 착한 펫을 만들 수 있어서?"

아빠랑 다르게 말이야, 라고 차마 덧붙이지는 못했다. 하지만 나는 그게 정답이라고 생각했다. 엄마는 내 대답에 희미한 미소를 지었다.

＊

석중석 요원의 말에 따르면, 왕땡버거를 미끼 삼아 효과를 본 건 이번이 처음이 아니었다.

지구의 한반도라는 지역에 있는 몇몇 학교에서도 문스쿨과 유사한 형태의 교육 작전이 펼쳐진 바가 있었다. 그곳도 학교에서 지정한 가장 모범적인 학생이 왕땡버거를 섭취할 수 있는 권한을 통제했다고 한다. ("완전 저희랑 똑같잖아요!" 내가 경악했다.)

석중석 요원도 사흘 전까진 지구에서 먼저 이런 작전을 펼쳤을 줄은 몰랐다고 한다. 이혜지 팀장의 통신단말기에 도착한 의문의 메시지를 읽기 전까지는. 그 메시지에 따르면 왕땡버거에는 아이들의 의식을 서서히 좀먹어 들어가는 어떤 성분이 있었다. 메시지는 '그들'을 완전히 믿지 말라는 경고로 끝이 났다….

이혜지 팀장은 메시지의 발신인에게 전화를 걸어 봤으나 받질 않았고, 메시지도 보내 봤지만 답신이 없었다.

“달 교육관리부 본부에 물어보죠.”

석중석 요원이 말했다.

석중석 요원은 새벽에 이혜지 팀장이 갑자기 자신의 아파트로 불러 약간 짜증이 난 상태였다. 그래도 할 말은 똑바로 했다. 아무리 그들이 요원이라 해도, 다른 지역 교육관리부의 자료에 접근할 수 있는 권한은 없으니 이혜지 팀장도 역시 그것밖에는 방법이 없겠다고 납득했다. 그런데 초인종이 요란하게 울렸다. 늦은 시각에 누구일까 궁금해하던 둘은 현관문 카메라에 비친 임굴라의 얼굴을 보고는 얼어붙었다.

“우리가 방심했어. …임굴라가 다른 능력자 학생들을 대동하고 왔어.”

아파트에서 요란한 싸움이 벌어졌다. 학생 두 명을 쓰러트린 이혜지 팀장은 석중석 요원에게 단말기를 가지고 도망치라고 했다.

“팀장님은 혼자 그곳에 남아 나머지를 상대했고, 나는 아파트 창문을 깨고 뛰어내려 바로 무쇠로 내 온몸을 감쌌지. 그리고 너를 만날 때까지 벤치 아래에 종일 숨어 있었던 거야.”

‘와, 팀장님한테 그런 이타적인 면이!’라고 감탄하고 싶었지만 그럴 겨를이 없었다.

“하지만 왜요? 임굴라가 왜 그런 짓을 한 건데요? 게다가 애들이 요원님들을 공격하다니요!”

내가 소리 지르는 바람에 뜨거운 차를 들고 오던 김충호가 휘청거렸다. 그래, 나는 석중석 요원을 김충호의 집으로 데려왔다. 처음에는 내 기숙사에 데려가려 했으나, 석중석 요원이 아이들 중에는 왕땡버거 중독자가 많을 테니 위험할 수 있다며 나를 말렸다. 학교에서 떨어진 장소라면 올 곳이 김충호네 집밖에 없었다. 기가 막히게도 김충호네 엄마도 없었고.

나는 김충호의 침대에 걸터앉은 채였고, 석중석 요원은 책상 앞 회전의자에 그 큰 덩치를 욱여넣고 있었다. 김충호가 우리 둘더러 중요한 얘기 나누라며, 다시 거실로 나가려 했다. 나는 김충호의 목깃을 끌어당겨 침대 옆에 앉혔다. 김충호가 함께 이 이야기를 들어 주었으면 했다. 만약 임굴라와 다른 아이들이 무슨 일을 꾸미는 것이라면, 지금으로선 김충호밖에 믿을 사람이 없었다.

석중석 요원은 턱에 돋아난 잔털을 쓸며 말했다.

“임굴라 그 녀석은 외계인이니까.”

다음 날 나는 김충호보다 일찍 아파트를 나섰다. 새벽 내내 이러쿵저러쿵 이야기를 나누느라 피곤에 절어 있는 상태였다. 믿을 수 없는 이야기를 듣다 보니 더 지친 감도 있었다. 웬만하면 조용히 교실로 들어가고 싶었으나 그럴 수가 없었다. 내가 복도에 나타나자마자 갑자기 아이들이 조용해지고, 서로에게 친절하게 대하는 척하고, 청소 로봇이 쓰레기를 발견하는 속도보다 빠르게 쓰레기를 정리했으니까.

어제의 충격 이후로 나는 김충호의 말을 곱씹고 있었다. 아이들이 나라는 사람을 이렇게까지 신경 쓰고 있었단 말인가? 특수 요원 클래스로 옮기고 나서 이번 학기 내내 나는 대체 무슨 짓을 해 댄 거란 말인가? 과거에는 학교에서 최대한 눈에 띄지 않으려 사방의 눈치를 보던 내가, 이제는 남들이 눈치 보도록 만드는 사람이 되어 버린 것이다.

나는 뒷문으로 조용히 들어가 허리를 수그리고 최대한 빠른 걸음으로 책상을 향해 걸어갔다.

"우리의 왕이 오셨네!"

망할 놈의 지민철이 후다닥 달려와 나를 반겼다. 덕분에 반 아이들의 이목을 끌 수밖에 없었다. 아이들은 자연스럽게 내 가방과 옷을 나눠 들고 내 자리에 가지런히 정리하기 시작했다.

"어, 어 오늘도 고생한다."

나는 어색하게 대답하고는 의자에 앉았다. 평소였다면 편하게 의자에 몸을 뻗고 늘어지게 하품이나 했을 텐데….

반 아이들이 온통 나를 뚫어져라 쳐다보는 것만 같았다. 긴장되었다. 다행히 이어지는 단계는 평소와 비슷했다. 스티커 부대원 한 명이 단속반 아이들에게 전해 들은 내용을 내게 브리핑하고, 오늘 점검해야 할 리스트를 건네줬다.

지민철은 손가락 힘이 무지막지하게 센 능력자 녀석을 불러 나에게 안마를 받겠냐고 물었다. 나는 교실 한가운데에서 앞만 뚫어지게 쳐다보는 김연지를 살피고는, 오늘은 넘어가겠다고 대꾸했다. 그러자 다른 녀석이 왕땡버거를 권했다. 나는 배가 고팠지만 사양했다. …어젯밤 이혜지 팀장의 아파트에서 벌어진 소동을 걱정했던 것이 무색하게 모든 게 평소와 같았다. 딱 한 가지만 빼고는.

수업이 시작되기 전까지 임굴라, 그 외계인 녀석의 얼굴이 보이지 않았다.

"임굴라의 동료들, 그러니까 외계인들은 30년 전에 달에 찾아왔어."

어젯밤이었다. 임굴라가 외계인이니 뭐니 하는 이상한

소리는 왜 자꾸 하냐고 묻는 나에게 석중석 요원은 휴대용 단말기를 꺼내 입체 영상에 자료 화면을 띄웠다.

"달 개척이 막 완료된 시점이었지. 외계인들은 접시 모양 비행선에서 빛줄기를 타고 내려왔어."

당시 사람들은 외계의 존재를 처음 마주했지만, 금방 두려움을 떨쳐 냈다고 한다. 자신들을 간스로다 성계에서 온 간스로다인이라고 소개한 외계인들은 인간과 아주 유사한 모습을 하고 있었기 때문이다. 약간 다른 점이 있다면, 그들은 전부 미남 미녀였다.

"…거기서 안도했다기에는… 다들 너무 외모 지상주의 아니에요?"

내가 끼어들었다.

"…잘 듣고 너도 여기서 교훈을 얻도록 해. 겉모습만 보고 판단하지 말라는 오래된 교훈 말이지."

석중석 요원이 변명처럼 덧붙였다.

잘생긴 종족인 간스로다인들은 책임자를 만나고 싶어 했다. 지구와 달에 살고 있는 모든 사람을 관리하는, 아주 높은 자리에 있는 책임자들 말이다. 간스로다인들은 자신들이 선한 영향력을 최대한 많은 지성체에게 전파해야만 하는 사명을 가지고 있다고 했다.

"선한 영향력이라 하면…?"

김충호가 느릿하게 물었다. 나는 단어에서 풍기는 사이비 냄새가 불길했다.

"그들은 자신들의 외모만큼이나 멋진 사회를 건설하고 있다고 했지."

간스로다인들은 우주 교육 요원을 뽑아 다른 행성 곳곳으로 보내 자신들처럼 멋진 사회를 건설하는 방법을 설파하고 있다고 했다. 그리고 그 멋진 사회란 교육의 중심에 있는 아이들로부터 시작된다고 했다는 것이다!

간스로다인들이 어떤 말로 사람을 구워삶은 건지는 기록에 자세히 남겨져 있지는 않다고 했다. 서로 수차례 대화를 나누던 책임자들이 간스로다인들에게 매료되어 비밀리에 인간의 교육 정책에 참여하도록 허락했다는 것이다. 그렇게 시행된 주요 정책 중 하나가 바로… 내가 참여한 '폭력 박멸 프로젝트'였다.

"임굴라는 바로 그 간스로다인 요원이야."

"…언제부터 알고 있었던 거예요?"

내가 물었다. 아니, 이 사람들, 나한테조차 제대로 털어놓지 않았단 말이지.

"우리도 자세한 내용은 메시지를 통해 알았어. 우리 요원들은 위에서 하는 일에는 토 달면 안 되니까. 임굴라가 간스로다인인 건 처음부터 알았지만…"

석중석 요원은 내 눈길을 피했다.

"하지만 지금 하는 말은 전부 다 진짜야. 맹세코."

나에게 지금껏 이 모든 걸 비밀로 한 게 짜증 났지만, 그리고 한 번 속였던 사람이 두 번 속이지 말라는 법도 없지만, 이런 상황에서는 석중석 요원을 믿을 수밖에 없었다.

"궁금한 게 있어요. 왕땡버거 많이 먹으면 그 외계인한테 조종당할 수 있다는 건데, 왜 저는 멀쩡한 거예요?"

학교의 질서를 좌우하는 패거리의 중심에 내가 있다. 그러니 나를 조종하면 손쉽게 마무리되는 프로젝트 아닌가? 석중석 요원은 책상 위로 유리병 하나를 탁 올려놓았다. 능력 증폭제였다.

"지구 요원에 따르면, 능력 증폭제가 왕땡버거 속 화학물질을 파괴한대."

"어… 그럼 임굴라가 진짜 나쁜 놈이라면 왜 내가 능력 증폭제를 먹도록 놔둔 걸까요? 김충호는 어떻게 멀쩡한 거고요?"

"글쎄, 학교를 제패할 때까지는 본인이 힘을 안 쓰고 놔두고 싶었나 보지. 지금 애들, 수혁이 네 말 한마디면 벌벌 떨잖아."

석중석 요원이 말했다.

"난 원래 왕땡버거 안 먹었어."

내 의심스러운 눈길에 김충호가 눈살을 찌푸렸다.

"너희들이 유행시키기 시작한 뒤부터 좀… 싫어졌거든. 또 그거 먹으려고 다른 애들이랑 경쟁하기도 싫고."

하긴, 학교에서 왕땡버거를 둘러싸고 별별 짓거리들을 다 벌였지. 김충호의 성격상 살벌한 사건에 끼어들고 싶지 않았을 거고. 나는 석중석 요원을 돌아보며 마지막으로 질문을 꺼냈다.

"이혜지 팀장님은 괜찮을까요?"

"나도 모르겠어."

석중석 요원이 자신 없게 말했다.

…이런 이유로 나는 아이들 사이에서 최대한 신들린 연기를 선보여야 했다. 석중석 요원의 증언에 의하면, 이미 임굴라를 따르는 아이들이 존재했다. 그 아이들은 임굴라가 발냄새를 맡으라고 해도 아랑곳 않고 맡을 정도로 강력한 집단 최면에 걸려 있다고 했다. 임굴라와 그 일당의 정체를 알기 전까지는 쉽사리 움직일 수 없었다.

나는 평소처럼 평범하게 학교생활을 하는 척하며 녀석들의 비밀 본부에 잠입해야 했다.

전날 대화를 나누면서 석중석 요원은 비밀 본부가 학

교 내부에 있을 거라고 했다. 왕땡버거 속에 든 기이한 물질로 아이들을 집단 최면에 빠지게 하려면, 그 물질을 조절하는 기기가 아이들 근처에 설치되어 있어야 한다나? 아무튼 이혜지 팀장과 석중석 요원에게 전달된 녹음 파일에 의하면 그렇다고 했다.

임굴라는 점심때까지 나타나지 않았다. 선생님은 임굴라가 아파서 결석했다고 했다. 전날 밤 이혜지 팀장에게 크게 한 방을 먹고 기어다니는 중일지도 몰랐다.

점심시간에 나는 스티커 부대원들에게 오늘은 좀 혼자 다니고 싶다며 어색하게 둘러댄 뒤, 체육관 뒤편에서 김충호를 만났다.

"대체 비밀 본부가 어디일까? 체육관?"

나는 문이 굳게 닫혀 있는 학교 체육관 창문 쪽을 서성이며 말했다.

"…체육 시간마다 사용하는 장소인데 설마 여기일 리가…."

나한테 생각이 있기는 하냐는 듯한 투로 김충호가 말했다.

"그럼 옥상? 선생들이 안 오니까!"

"옥상은 너네들이 맨날 싸우는 곳이잖아…."

이런 식으로 우리는 하나하나 장소를 언급해 가며 과

연 어디를 뒤져야 할지를 따져 보았다. 운동장에는 종종 축구 하는 아이들 사이로 드론이 떠다니며 자꾸만 빛을 번쩍였다. 대충 전해 듣기로는 단속반 녀석들이 고안해 낸 단속 방법 중 하나라고 하는데 말이지, 저걸 누가 조종하는지는 정확히 알 수 없었다.

"…지하 재교육실은 어때?"

내가 한 열 번째 장소를 언급했을 때였다.

"…거기는."

하나하나 반론을 제기하던 김충호도 말이 막혔다. 김충호는 골똘히 생각하더니 고개를 끄덕였다.

그래, 나는 학교를 제패한 뒤로 지하 재교육실에는 발도 들인 적이 없다. 그러나 스티커 부대원들이 종종 지하 재교육실에 끌려간 녀석들을 데리고 나오는 걸 보았다. 선생님들이 그 아이들이 교육 홀로그램을 잘 시청하는지 특별히 감시하라는 명령을 내렸다고 했다. 내가 지하 재교육실에 드나들지 않는 사이에, 임굴라의 명령을 따르는 녀석들이 드나들었다면, 충분히 의심해 볼 법했다.

점심시간이 끝나는 사이렌이 울리자 우리는 따로 교실에 쭈뼛쭈뼛 입장했다. 내가 등장하자마자 지민철과 최희주가 얼굴을 들이밀었다.

"오, 우리의 왕! 점심때 혼자만의 시간 잘 보냈엉?"

지민철은 느끼함이 뚝뚝 떨어지는 말투로 물었다.

"우리의 왕! 이거 먹을래?"

최희주가 뭔가를 내밀었다. 전자레인지에 방금 데운 따끈한 왕땡버거였다. 왕땡버거에서는 맛있는 냄새가 피어올랐다. 나는 버거 향기에 속절없이 끌리는 내 코를 저주했다.

"어… 아니. 괜찮아."

"왜? 왜 안 먹어? 이렇게 맛있는 걸?"

최희주는 아예 내 코에 햄버거를 대고 문지르는 수준으로 가까이 들이밀었다.

"야, 야, 선생님 오시니까 그만해라."

나는 뒤늦게 위엄을 되찾으려 언성을 높였다.

"선생님은 안 올 거야."

지민철이 말을 받았다.

"우리의 왕이 왕땡버거를 먹기 전까지는."

수상한 기운이 들어서 나는 퍼뜩 고개를 들었다. 그리고 주위를 둘러봤다. 교실 안 절반이 넘는 아이들이 자리에서 일어나 나를 쳐다보고 있었다. 나머지 아이들은 무슨 일이 일어나고 있는 건지 영문을 모르겠다는 표정이었다. 나는 석중석 요원의 경고를 떠올렸다. 왕땡버거 다섯 개를 먹으면 완전히 중독자가 되고, 왕땡버거 열 개를 먹으면 최면에 빠지게 된댔나? 나는 다섯 개 정도는 먹었을 게 분명했다. 능력 증폭제 덕분에 살아남은 것이다. 그러나 능력 증폭제가 얼마나 왕땡버거의 위력을 막아 줄 수 있을지는 미지수였다….

나는 벌떡 일어나서 왕땡버거를 멀리 쳐 냈다. 버거는 야구공처럼 천장으로 높이 튀어 올랐다가, 교실 바닥으로 곤두박질쳤다. 나는 고함을 질러 선언했다.

"야, 임굴라 녀석한테 말해. 정정당당히 덤비…."

말을 끝맺지 못했다. 지민철이 팔 여러 개를 뽑아내 나를 후려치려 했기 때문이다. 급하게 허리를 틀지 않았다면 나는 그대로 얻어맞았을 것이다. 주위를 둘러보니 평소 나한테 와서 아부를 떨던 녀석들이 저마다 흐리멍덩한 눈을 한 채, 그와 대비되는 공격적인 자세로 금방이라도 나한테 덤벼들 기세였다. 나는 얼굴을 한껏 일그러뜨리고는 품 안에 손을 집어넣었다.

"그놈의 능력 증폭제도 없으면서 우리를 어떻게 상대하시게?"

최희주가 비웃듯이 말을 내뱉었다. 과연 녀석의 손아귀에 능력 증폭제 한 병이 들려 있었다. 언제 저걸 훔쳐간 거지? 아침에 내 겉옷과 짐을 정리할 때?

"곧 선생님 오실 텐데 장난 그만해."

나는 시간을 끌기 위해 말했다.

"선생님은 안 와. 선생님들 먼저 최면에 걸리게 만들었거든. 아주 오래전부터 말이지."

최희주가 대답했다. 그러고는 능력 증폭제 병을 열어 꿀꺽 삼키려 했다. 나는 발 길이를 극단적으로 늘려, 최희주의 손에 들린 병을 쳐 냈다.

나는 선생님들을 죄다 최면에 빠지게 했다는 최희주의 말, 오래전부터 그랬다는 말을 곱씹으며 그동안 아이들을 건성으로 대해 온 선생님들을 떠올렸다. 선생님들과 간스로다인과의 접촉이 먼저 이루어졌단 말인가?

나는 갑자기 날아온 최희주의 주먹을 피했다. 바로 능력을 복제했고, 좀 더럽지만 마비 침을 뱉어 최희주의 목 뒤편에 명중시켰다. 최희주는 비틀거리다가 쓰러졌다. 지민철이 바로 내 뒤로 덤벼들어 나는 등을 거북이처럼 딱딱하게 만들었다. 지민철은 주먹에 뼈가 부러지는 아픔을 느끼고는 바닥을 뒹굴었다.

하지만 이건 시작이었다. 이제는 두셋이 한꺼번에 나를 덮쳐 왔다. 온통 고함과 비명이 난무하는 교실에서 나는 상대를 쓰러트리는 데 집중해야만 했다. 내가 네 명을 때려눕히자, 안 되겠다 싶었는지 멀리서부터 공격이 쏟아졌다. 사방에서 불을 뿜고, 독침을 내뱉고, 금속 형태의 무기를 발사했다! 나는 잠시 버벅거렸다. 제대로 공격을 막을 방도가 떠오르지 않았다. 이제 나는 끝났구나 생각하는 순간, 누군가 내 앞을 막아서며 고개를 재빠르게 움직여 입으로 온갖 물체를 받아 냈다. 열두 살 때 괴롭힘당하는 걸 막아 줬던 것처럼. 바로 김연지가 말이다! 사방에서 쏟아지던 물체들은 김연지의 입속에 들어가자마자 죄다 물로 바뀌었다. 와, 저 정도 속도라면 손으로 잡아내기도 어려운데 입으로 막다니! 김연지가 왜 특수 요원 클래스에서 최고의 점수를 받고 있는지 알 것 같았다.

"야, 너네! 아무리 얘가 청소 잘하고, 인사 잘하고, 너무 착하게 살라고 강요해도 그렇지, 비겁하게 단체로 이러는 게 어딨어?"

김연지가 말했다.

"아니야, 그런 거 아니야!"

오해를 풀어 주고 싶었다. 하지만 길게 설명할 겨를이 없었다. 우선 여기서 탈출해야 했다.

나는 김연지의 어깨를 붙잡았다.

"미안! 좀 실례할게!"

김연지의 발목을 툭 차서 비스듬히 넘어뜨린 뒤, 김연지를 두 팔에 받쳐 들고 그대로 바로 옆에 있는 창가로 발돋움했다.

최희주의 괴력을 복제한 힘으로 창문을 부수면서, 동시에 추락 방지용으로 설치된 창가 펜스까지 뚫고 공중으로 나아갔다.

운동장에 있던 학생들이 놀란 얼굴로 나를 가리키고 있었다. 나는 녀석들을 빠르게 훑었다. 그리고 운동장 한가운데서 수십 미터까지 점프하는 능력을 가진 녀석의 힘을 복제한 뒤, 발에 힘을 실었다. 나는 스프링처럼 튕기면서 앞으로 나아갔다. 그러나 비행 능력을 가진 녀석이 바로 내게 날아와 주먹을 먹였다. 나는 복부에 찌르는 듯한 고통을 느끼며 균형을 잃고 땅으로 고꾸라졌다.

다행히 김연지는 내 품에 안긴 그대로, 다치지 않고 바닥에 안착했다. 다만 그 밑에 깔린 나는 비스듬히 추락한 탓에 어깨 한쪽이 욱신거렸다. 뼈가 부러지기라도 한 걸까? 겨우 고개를 들어 주위를 살폈다. 운동장에도 흐리멍덩한 눈빛을 한 아이들이 우리를 둘러싸고 있었다. 신음을 흘리는 내 모습에 아랑곳하지 않고 나를 금방 덮칠 기세였다. 나와 김연지는 비틀거리면서 일어났다.

"야, 애들이 너한테 쌓인 게 많나 봐. 얼마나 애들을 못살게 군 거야?"

"그런 거 아니라니까!"

그나저나 이 많은 인원을 어떻게 상대하지? 운동장을

갈아엎을 만한 능력을 가진 아이는 기억나지도, 보이지도 않았다. 그사이에 이 많은 아이들이 왕땡버거 중독자가 되다니….

혹시나 임굴라가 어디 있는지 살펴보았지만, 운동장의 아이들 사이에는 없었다.

나와 김연지는 서로 등을 맞대고 우리를 둘러싼 아이들을 향해 주먹을 들어 올렸다. 머릿속에는 지하 재교육실로 가야 한다는 생각뿐이었다. 그런데 아이들 뒤편에서 웅성거리는 소리가 나더니 운동장 저 멀리서 익숙한 목소리의 고함이 들렸다.

교문 쪽에서 김충호가 악쓰며 달려오고 있었다. 처음 듣는 김충호의 큰 소리였다. 품에는 로봇 강아지 또리를 안고서. 그리고 그 뒤를 따르는 로봇 무리들과 석중석 요원이 보였다. 로봇들은 어딘가 너덜너덜해 보였다. 마치 오락실의 손님들을 상대하느라 낡아 버린 오락용 격투 로봇들처럼 말이다. 자세히 보니 밤마다 동네 체육관에서 나의 주먹질과 발길질을 받아 주던 훈련용 로봇들이었다!

김충호는 운동장에 또리를 놔주었다. 그러자 뒤따라오던 로봇들이 또리를 따라서 일사불란하게 움직였다. 또리가 달려오며 운동장의 아이들에게 짖어 대자, 훈련용 로봇들이 동시에 튀어나갔다.

저 많은 로봇들에게 동기화 프로그램을 설치한 걸까? 마치 또리가 훈련된 팀의 지휘자가 된 것처럼? 맞다. 저 많은 훈련용 로봇을 사전에 프로그래밍해 놓지 않는다면 한꺼번에 조종하긴 어렵다. 하지만 또리의 마인드와 연결시켜 놓음으로써 여러 로봇을 동시 조종하는 게 가능해진 것이다!

김충호가 석중석 요원을 호출하면서, 저런 일까지 벌인 거라니 놀라웠다. 저 녀석, 프로그램 좀 만질 줄 안다더니, 이렇게 도움을 주잖아?

나는 김연지한테 소리쳤다.

"지하 재교육실로 가자!"

"…이게 다 무슨 일인데?"

"지금 다 설명하기는 힘들어. 그냥 날 한 번만 믿어 줘."

내가 말했다. 반신반의하는 김연지의 얼굴을 보며, 나는 어젯밤 김충호가 나에게 했던 말을 떠올렸다.

"그동안 내가 갈아마셔 패밀리랑 다를 바 없이 행동했다는 거 알아. 근데 김충호까지 저런다면 그럴 만한 이유가 있지 않겠어? 난 이 사태의 진정한 원인을 찾으러 가는 거야. 진정한 원인인 임굴라를 무찌르려는 거니까 한 번만 믿어 줘!"

김연지는 땅이 꺼질 듯 한숨을 빠르게 내뱉더니, 얼굴

에서 혼란스러운 표정을 거두었다.

"그래, 알았어. 근데 끝나면 무슨 일인지 다 얘기해 줘야 해."

내가 고갯짓을 하자마자, 우리는 운동장에서 로봇과 뒤엉켜 싸우는 아이들을 뒤로하고, 학교 본관 건물을 향해 미친 듯이 질주했다. 우리 앞을 막아서는 최면에 걸린 녀석들에게는 능력을 발동할 틈도 주지 않고 주먹에 괴력을 실어 날려 보냈다. 그렇게 무찌른 녀석이 다섯 정도 되었을까?

주먹을 또 내지르려는데, 내 주먹을 힘들이지 않고 막는 녀석이 있었다. 나는 몇 번 더 녀석에게 주먹을 휘둘렀는데 녀석은 그걸 그대로 맞고도 별거 아니라는 듯 나를 쳐다봤다.

능력 증폭제를 마시지 않은 탓이다! 그래서 능력의 위력이 감소한 것이다. 나는 녀석의 발차기에 가슴팍을 얻어맞고 나가떨어졌다. 철퇴가 내 몸을 가격하는 충격에 격통이 느껴졌다. 숨이 쉬어지지 않았다. 가슴팍을 부여잡고 어떻게든 정신 차리려는데, 녀석이 다가와 나를 마저 짓이기려 했다. 그 순간이었다. 온몸이 무쇠로 뒤덮인 거대한 덩치를 가진 남자가 끼어들어, 녀석의 발차기에서 나를 보호했다.

“어서 뛰어!”

석중석 요원이었다. 나는 그에게 뒤를 맡긴 후, 꽁지 빠지게 달려 나가는 김연지를 뒤쫓았다.

마침내 본관 벽면에 도착했을 때, 나는 기진맥진한 상태가 되었다. 석중석 요원은 어느새 아이들한테 포위되어 보이지 않았고, 몇몇은 나와 김연지를 향해 달려오고 있었다. 이 벽면을 부술 만한 능력을 찾아 재빨리 눈을 움직였다. 그러나 몸에 누구의 기운도 흡수되는 느낌이 들지 않았다. 능력 증폭제만 뺏기지 않았더라면…. 그때 김연지가 소리쳤다.

“뛰어들 준비해!”

그러고는 입을 크게 벌리더니, 말 그대로 벽면을 베어 물었다. 김연지가 깨문 자리는 물이 되어 쏟아져 내렸다. 김연지는 빠른 속도로 벽면을 갉아 나갔다! 그야말로 성적 최상위권에 걸맞은 모습이었다. 벽이 뚫린 틈으로 지하층과 연결된 계단이 보였다. 나는 몇 미터 아래의 계단참으로 뛰어내렸다. 뒤이어 김연지가 내려올 줄 알았지만, 김연지는 뚫린 벽 앞에 서서 나를 내려다봤다

“난 여기서 방해꾼들을 어떻게든 막아 볼게!”

김연지는 그렇게 외치고는 아우성 사이로 사라졌다.

　지하층은 곳곳에 등이 밝혀져 있음에도, 좀처럼 어둡다는 인상을 지우기 힘들었다. 아이들을 재교육실로 데려가며 무서운 분위기를 조성하기 위해 전등조차 어두운 색을 쓴다고 알고는 있었다. 재교육실까지 거리가 얼마 남지 않았을 때, 어둠 속 복도에서 누군가 튀어나왔다.

　"잘 있었냐?"

　박조태였다. 녀석은 눈을 부릅뜨고, 무릎을 낮춰 나를 금방이라도 공격할 자세를 취했다. 나는 고개를 갸웃거렸다. 이 녀석이 왜 여길 지키고 있지?

　"너 언제 임굴라 부하 됐냐?"

　"…너는 나한테 왜 그랬냐? 응?"

　박조태는 내 말을 무시하고 물었다. 나는 더욱이 이해할 수 없다는 표정을 지었다.

　"몰라서 묻는 거냐? 간단해. 네가 김충호를 괴롭혀서 그런 거잖아."

　"고작, 그 이유야? 어? 나는 그날 이후로 쪽팔려서 학교 오기도 싫었어!"

　나는 한숨을 쉬었다.

　"너는 그럼 열두 살 때 나한테 왜 그랬냐?"

　"열두 살 때? 내가 열두 살 때 너를 알았어?"

　박조태가 난생처음 듣는 얘기라는 듯 생소한 표정을

지었다. 나는 고개를 내저었다. 그래, 기대를 한 내가 잘못이지! 나는 박조태가 어리둥절해하고 있는 사이, 얼른 박조태의 능력을 복제해 보이지 않는 손을 뻗었다. 하지만 박조태는 빨리 태세를 갖춰 자신의 능력으로 맞받아쳤다. 우리는 서로가 불러낸 수많은 손 사이에서 힘을 겨루었다. 박조태가 불러낸 팔의 힘은 강력했다. 마치 근육질로 된 팔이 내가 불러낸 팔을 짓누르는듯했다.

"어때? 나도 임굴라한테 능력 증폭제 얻어서 가지게 된 힘이야! 복수하는 순간만을 기다렸지!"

내가 그대로 속절없이 무너졌을…거라고 생각하면 오산이다. 나는 박조태의 팔 하나를 재빨리 비켜 세우고, 녀석의 눈알을 찔러 버렸다. 박조태는 눈을 붙잡고 비명을 지르며 복도 한가운데를 굴렀다. 그러자 주변을 채운 녀석의 팔이 순식간에 사라졌다.

이렇게 좋은 능력을 가지고 있으면서 잘 활용하지 못하는 녀석이라니. 능력 증폭제를 먹었든 아니든, 녀석은 여전히 형편없었다. 나는 비명을 지르는 녀석을 내버려둔 채, 지하 재교육실 문을 열었다.

그곳에는 거대한 기계 장치가 있었다. 원통형의 거대한 유리병 안에 형광빛을 발하는 액체가 담겨 있었다. 사방으로 뻗어 나온 길쭉한 오징어 다리 같은 것이 어딘가로 연결되는 것 같았다. 이게 바로 최면 물질 조절 장치인가? 아니, 누가 봐도 수상한 장치가 있는데, 이게 그 외계인들의 핵심 조절 장치가 아니고서야 말이 되겠는가?

나는 이 장치를 어떻게 파괴해야 할지 고민하다가, 문득 바깥에 능력을 복제할 녀석이 있단 걸 떠올렸다. 내가 허공에 보이지 않는 팔을 소환하려는데, 구석에서 인기척이 느껴졌다.

"내가 마지막으로 배치해 둔 비밀 병기까지 잘 쓰러뜨리고 왔네."

임굴라가 언제 봐도 잘생긴 얼굴 위에 미소를 띄운 채 말을 건넸다.

"박조태는 …너무 허접해서 시시했어."

나는 임굴라가 준비했을지 모르는 다른 함정을 대비해야 했다. 보이지 않는 손이 임굴라를 제압할 수 있도록 조준했다.

"이혜지 팀장님은 어딨어?"

"안전한 곳에 계셔."

임굴라는 두 팔을 번쩍 들었다.

"나는 너희 같은 특별한 능력은 없어. 최면 물질이야 몸속에 들어가서 적절한 신경 반응을 통제해야만 유효한 거고. 지금 난 너를 막을 수 있는 방법이 없단 말이지."

"하나만 묻자. 너… 너희 간스로다인들은 왜 이런 짓을 하는 거냐?"

내가 말했다. 임굴라의 행동이 너무 침착했기 때문일까? 이 장치를 부수기 전에, 그 이유를 물어야만 할 것 같았다.

"왜 내가 마지막에 박조태를 준비했겠어? 저 녀석은 아무것도 변한 게 없잖아. 너한테 두들겨 맞고 나서도 말이지."

나는 무슨 말을 하는 건지 전혀 감을 잡지 못했다.

"우리 종족에 얽힌 아주 짧은 이야기를 해 줄게."

임굴라는 이야기를 시작했다.

"사람의 마음은 남이 어떻게 할 수 있는 게 아니란다."

엄마가 말했었다.

"그건 우리가 키우는 동물의 마음도 마찬가지야."

수 년 전, 그러니까 엄마가 내게 왜 자신이 로봇 펫의 마인드 제작자가 되었는지 설명하면서 한 이야기다. 나는 처음엔 엄마가 로봇 펫의 마인드를 맘대로 조종할 수 있기 때문에 제작자가 되었다고 생각했다. 하지만 엄마는 이렇게 말했다.

"그리고 로봇 펫도 똑같아. 내가 마인드를 만드는 이유는 우리가 만들어 낸 존재들이 어디로 향할지, 어떠한 존재가 될지 모르기 때문이야. 나는 로봇 펫들이 그저 명령에 복종하도록 만들진 않아. 스스로 성장할 수 있도록 마음을 잘 설계하는 일을 하는 거야. 자기 마음속 내용은 자기 스스로 채워 나가는 거지. 자유롭게."

나는 무슨 뜻인지 알아듣지 못한 채, 그저 잠자코 이야기를 듣고만 있었다.

"그런 의미에서 난 네 아빠를 미워하면서도, 미워하지 않는단다."

엄마는 말을 이어갔다.

"뭐, 너한테까지 아빠의 못난 모습을 다 용서하라고 하진 않을게. 하지만 난 그래. 미워하는 게 수십 가지지만, 난 네 아빠의 다른 수십 가지 면모는 좋아해."

그렇게 말하고 엄마는 복잡한 설계 화면이 떠오른 투명한 시스템 창으로 고개를 돌려, 로봇 펫의 오류를 수리하는 데 열중했다.

임굴라가 주절주절 늘어놓은 말을 요약하면 대충 이렇다.

간스로다인들은 본래 평화롭지 않았다. 그들의 행성은 수만 가지 갈등으로 끝없는 전쟁에 시달렸다. 그러다 행성 개척 시대가 되어 발견한 것이, 바로 왕땡버거에 넣은 화학물질, 이름하여 왕땡 액체였다. 간스로다인들은 이 액체를 먹고 집단 최면에 빠지는 대신, 그 액체를 조절해 가장 평화로운 상태에 이르기 위해 거듭해서 자신들의 신체에 투입했다. 특히 왕땡 액체는 청소년기부터 꾸준히 섭취하면 나이 들어서는 추가적으로 섭취할 필요 없이 영구적으로 평화로운 상태에 이를 수 있었다. 이 과정을 몇 번 거듭하고 나자 간스로다에서는 갈등이란 갈등은 죄다 사라졌다. 그 뒤에는 영원한 평화뿐이었다.

"하지만, 그 평화로운 상태란 걸 누가 판단하는데?"

내가 쏘아붙였다.

"그야 너처럼 심성이 올바른 존재가 판단하는 거지. 너도 지난 시간 동안 봤잖아? 아이들이 얼마나 착해질 수 있는지, 얼마나 올바르게 행동할 수 있는지 말이야."

확실히 나는 학교가 많이 평화로워졌다고 생각했다. 스스로를 학교에서 가장 잘나가는 깡패라고 으스대던 아이들도 어느 순간 학교의 질서를 바로 세우기 위해 나섰다. 비록 여러 가지 문제가 있기는 했지만…. 그래도 나는 내 행동들이 도덕적인 질서가 잡힌 학교 문화를 가져오는

데 일조했다고 생각했다. 그 고생들 하며….

임굴라가 웃으면서 내게 다가왔다. 그리고 내게 무언가를 쥐어 주었다. 스크린이 달린 리모컨이었다.

"이 커다란 장치를 통해 아이들의 상태를 조절할 수 있는 리모컨이야. 이것만 있으면 학교가 나아질 거야. 우리가 지금까지 해 왔던 일이 그걸 위해서잖아. 박조태 같은 애들도 얌전하게 만들고, 지금의 난리도 네가 단번에 정리할 수 있어."

임굴라가 설명했다.

"너라면 이해하지, 그치?"

임굴라가 물었다.

그것이 끝이었다. 임굴라는 내게서 한 발자국 뒤로 물러났다. 아직 나는 능력을 사용할 수 있었다. 보이지 않는 팔들을 휘둘러 저 액체가 든 장치를 박살 낼 수 있었다. 하지만 저 장치를 산산조각 내면, 내가 원하는 세상을 만들 기회는 영영 사라질 수도 있었다.

나는 눈을 감고 심호흡을 했다. 아직도 바깥에선 난장판이 계속되고 있을까? 김충호와 석중석 요원, 김연지는 아이들한테 붙잡혔을까?

'난 학교가 좋아진 건지 솔직히 모르겠어.'

김충호가 했던 말이다. 왜 하필 지금 그 말이 생각나

는 걸까? 머릿속으로 김연지가 내게 찾아와 떼쓰던 모습이 비집고 들어왔다. 김연지는 내 행동이 잘못되었다고 했다.

리모컨을 손에서 놓았다.

아니야, 이런 방식은 진짜 평화가 아니야.

그리고 나는 내가 할 수 있는 가장 인간적인 선택을 했다.

에필로그

기계가 박살나는 굉음, 그리고 파편이 튀는 느낌, 내 능력을 총동원해서 폭파시킨 장치가 터져 나가고, 폭발적인 힘 때문에 나는 허공으로 솟아오른다.

이제 아이들은 간스로다인들이 주입한 액체에서 해방되었을까? 김연지와 김충호, 석중석 요원은 사납게 덤벼드는 아이들에게서 풀려났을까?

참, 이혜지 팀장님, 저를 학교를 평정하라고 훈련시켰는데, 이렇게 망쳐 놔서 죄송해요. 아니, 나를 훈련시켜 준 덕분에 사람들을 왕땡 액체에서 해방시켜 줄 수 있었네요.

나는 이내 바닥으로 내던져지고, 온갖 파편과 먼지가 굴러다니는 바닥 한가운데에 누워 있음을 깨닫는다. 가슴에 손을 얹으니, 나는 여전히 숨을 몰아쉬며 멀쩡히 살아 있다. 이렇게 구덩이에 누워 있으니 피로가 몰려온다. 잠시 쉬고 싶은 마음에, 콜록거리며 그대로 누워 생각해 본다.

자, 이제 어떤 미래가 펼쳐질까? 간스로다인들이 우리 학교 사례를 보고, 우리 인간의 선택에 온전히 우주의 평화를 맡길 수 있을까? 그래, 그들이 틀렸다고 바랄 수 있는 미래가 올 수 있기를, 자유로운 마음을 그렇게 꽁꽁 옭아매지 않아도, 괜찮다고 말할 수 있는 세상이 펼쳐질 수 있기를.